卞尺丹几乙し丹卞と
Translated Language Learning

Alice's Adventures in Wonderland

অ্যালিসের অ্যাডভেঞ্চারস ইন ওয়ান্ডারল্যান্ড

Lewis Carroll

লুইস ক্যারল

English / বাংলা

Down the Rabbit Hole
নিচে খরগোশের গর্ত

Alice was beginning to get very tired
অ্যালিস খুব ক্লান্ত হতে শুরু করেছিল
she was sitting by her sister on the grass bank
ঘাসের পাড়ে বোনের পাশে বসেছিলেন তিনি
but she had nothing to do
কিন্তু তার কিছুই করার ছিল না
her sister was reading a book
মেয়েটির বোন একটি বই পড়ছিল
once or twice Alice peeped into the book
দু-একবার অ্যালিস বইয়ে উঁকি দিল
but the book had no pictures or conversations in it
কিন্তু বইটিতে কোনো ছবি বা কথোপকথন ছিল না
"what use is a book without pictures?," thought Alice
"ছবি ছাড়া বই দিয়ে কী লাভ?" অ্যালিস ভাবল
"why would a book have no conversations?"
"কেন একটি বইয়ে কোনও কথোপকথন থাকবে না?

but she had other things to consider

কিন্তু তার অন্য কিছু বিষয় বিবেচনার ছিল

"making a chain of daisies would be a pleasure"

"ডেইজির একটি চেইন তৈরি করা একটি আনন্দ হবে"

"but is it worth the effort of getting up and picking the daisies??"

"কিন্তু উঠে দাঁড়িয়ে ডেইজি বাছাই করার চেষ্টার কি কোনো মূল্য আছে??"

this was not so easy to think about

এটা ভাবা এত সহজ ছিল না

because the day was making her feel sleepy and stupid

কারণ দিনটি তাকে ঘুম এবং বোকা বোধ করছিল

but suddenly her thoughts were interrupted

কিন্তু হঠাৎ তার চিন্তায় ছেদ পড়ল

a White Rabbit with pink eyes ran close by her

গোলাপী চোখের একটি সাদা খরগোশ তার পাশ দিয়ে দৌড়ে গেল

There was nothing overly remarkable about the rabbit
থরগোশের মধ্যে অস্বাভাবিক কিছু ছিল না
and Alice did not think the rabbit remarkable either
এবং অ্যালিসও থরগোশটিকে উল্লেখযোগ্য মনে করেনি
nor did it surprise her when the Rabbit spoke
থরগোশের কথা শুনলেও সে অবাক হয়নি
"Oh dear! I shall be too late!" he said to himself
"ওহ ডিয়ার! আমার অনেক দেরি হয়ে যাবে!" সে মনে মনে বলল
but then the Rabbit did something that rabbits didn't do
কিন্তু তারপর থরগোশ এমন কিছু করল যা থরগোশরা করেনি
the Rabbit took a watch out of its waistcoat-pocket
থরগোশ তার ওয়েস্টকোট-পকেট থেকে একটি ঘড়ি বের করল
he looked at the time and then hurried on
সময়ের দিকে তাকিয়ে তাড়াতাড়ি চলে গেলেন
Alice got to her feet, in amazement
অ্যালিস অবাক হয়ে উঠে দাঁড়াল
she had never seen a rabbit with a waistcoat before!
ওয়েস্টকোট পরা থরগোশ সে আগে কখনো দেখেনি!
nor had she ever seen a rabbit with a watch!
ঘড়িওয়ালা থরগোশকেও সে কখনো দেখেনি!
Alice was burning with a new curiosity
অ্যালিস একটি নতুন কৌতূহলে জ্বলছিল
and she ran across the field after the Rabbit
এবং সে থরগোশের পিছনে মাঠ জুড়ে দৌড়েছিল
she was just in time to see the rabbit disappear
তিনি থরগোশটিকে অদৃশ্য হয়ে যেতে দেখার ঠিক সময়ে ছিলেন
the rabbit hopped down into a large rabbit-hole
থরগোশটা লাফিয়ে নেমে পড়ল একটা বড় থরগোশের গর্তে
In another moment, down went Alice after the rabbit!
আর এক মুহূর্তে, থরগোশের পিছনে অ্যালিস নেমে গেল!
The rabbit-hole went straight on like a tunnel
থরগোশের গর্তটা সুড়ঙ্গের মতো সোজা চলে গেল
and the tunnel kept going for some distance

আর সুড়ঙ্গ কিছুদূর যেতে থাকল

and then the path suddenly dipped down

আর তারপরই হঠাৎই পথটা নেমে গেল

Alice had not a moment to think about stopping herself

নিজেকে থামানোর কথা ভাবতে এক মুহূর্তও সময় পেল না অ্যালিস

she found herself falling down and down and down

সে নিজেকে নিচে নামতে এবং নীচে নামতে এবং নীচে দেখতে পেল

it seemed as if she had fallen down a very deep well

মনে হচ্ছিল যেন খুব গভীর কোনো কুয়োয় পড়ে গেছে

Either the well was very deep, or she fell very slowly

হয় কূপটি খুব গভীর ছিল, অথবা সে খুব ধীরে ধীরে পড়েছিল

because she had plenty of time to fall

কারণ তার পতনের জন্য প্রচুর সময় ছিল

as she was falling she could look all around her

পড়ে যাওয়ার সময় সে তার চারপাশে তাকাতে পারছিল

First, she tried to make out where she was going

প্রথমে তিনি বোঝার চেষ্টা করলেন তিনি কোথায় যাচ্ছেন

but the well was too dark to see anything

কিন্তু কুয়োটা এত অন্ধকার ছিল যে কিছুই দেখা যাচ্ছিল না

then she looked at the sides of the well

তারপর কুয়োর দু'ধারের দিকে তাকালেন

and she noticed that there were cupboards all around her

এবং তিনি লক্ষ্য করলেন যে তার চারপাশে আলমারি রয়েছে

and all around the well were book-shelves

আর কুয়োর চারপাশে বইয়ের তাক

here and there she saw maps and pictures hung upon pegs

এখানে-সেখানে খুঁটির ওপর ঝোলানো মানচিত্র আর ছবি দেখল সে

She took down a jar from one of the shelves as she passed

পাশ দিয়ে যাওয়ার সময় একটা তাক থেকে একটা জার নামিয়ে নিল সে

the jar was labelled for its content

জারটি তার সামগ্রীর জন্য লেবেলযুক্ত ছিল

"MARMALADE MADE FROM ORANGES"

"কমলা থেকে তৈরি মোরব্বা"
but, to her great disappointment, the marmalade jar was empty
কিন্তু, তার চরম হতাশার জন্য, মোরব্বার জারটি খালি ছিল
she did not want to drop the empty marmalade jar
খালি মোরব্বার বয়ামটা ফেলে দিতে ইচ্ছে করছিল না
and her fall was very slow
এবং তার পতন খুব ধীর ছিল
so she managed to put the marmalade jar into one of the cupboards
তাই সে মোরব্বার বয়ামটা একটা আলমারিতে ঢুকিয়ে রাখতে পেরেছে
Down, down, down she fall!
নিচে, নিচে, নিচে সে পড়ে যায়!
Would the fall ever come to an end?
এই পতন কি কখনো শেষ হবে?
There was nothing else to do
আর কিছু করার ছিল না
so Alice soon began talking to herself
তাই অ্যালিস তাড়াতাড়ি নিজের সাথে কথা বলতে শুরু করল
"Dinah will miss me very much tonight, I should think!"
"দিনা আজ রাতে আমাকে খুব মিস করবে, আমার ভাবা উচিত!"
Dinah was Alice's cat
দিনা ছিল অ্যালিসের বিড়াল
"I hope they'll remember her saucer of milk at tea-time"
"আমি আশা করি তারা চায়ের সময় তার দুধের সসারটি মনে রাখবে"
"Dinah, my dear, I wish you were down here with me!"
"দিনা, মাই ডিয়ার, আই উইশ ইউ হ্যাভ হিয়ার হিয়ার উইথ মাই হিয়ার!"
Alice felt that she was dozing off
অ্যালিস অনুভব করেছিল যে সে ঘুমিয়ে পড়ছে
and then suddenly, thump! thump!

তারপর হঠাৎই থরথর করে কাঁপতে লাগল! থ্যাম্প!
down she fell upon a heap of sticks
নিচে সে লাঠির স্তূপের উপর পড়ে গেল
and she landed on a pile of dry leaves
এবং সে শুকনো পাতার স্তূপের উপর অবতরণ করল
and finally the long fall down the hole was over
এবং অবশেষে গর্তের নীচে দীর্ঘ পতন শেষ হয়েছিল
Alice was not a bit hurt
অ্যালিস একটুও আহত হয়নি
and she jumped up within a moment
এবং সে এক মুহূর্তের মধ্যে লাফিয়ে উঠল
She looked up, but it was all dark overhead
সে মুখ তুলে তাকাল, কিন্তু মাথার ওপরে সব অন্ধকার
in front of her was another long corridor
তার সামনে আরেকটি লম্বা করিডোর
and the White Rabbit was still in sight
আর সাদা থরগোশ তখনও দৃষ্টিগোচর হচ্ছিল
he was hurrying down the corridor
সে তাড়াতাড়ি করিডোর দিয়ে যাচ্ছিল
There was not a moment to be lost
এক মুহূর্তও নষ্ট করতে হয়নি
off ran Alice like the wind
অ্যালিস বাতাসের মতো দৌড় দিল
around the corner turned the rabbit
কোণার দিকে থরগোশ ঘুরিয়ে দিল
she was just in time to hear the rabbit
থরগোশের ডাক শোনার জন্য সে ঠিক সময়ে এসেছিল
""Oh, my ears and whiskers"
""ওহ, আমার কান এবং গোঁফ"
"how late it's getting!"
"কত দেরি হয়ে যাচ্ছে!"
She was close behind the rabbit
সে থরগোশের পেছনে ছিল

she turned around another corner

সে অন্য কোণে ঘুরে দাঁড়াল

but the Rabbit was no longer to be seen

কিন্তু থরগোশকে আর দেখা গেল না

She found herself in a long, low hall

সে নিজেকে একটি দীর্ঘ, নিচু হলঘরে আবিষ্কার করেছিল

the hall was lit up by a row of ceiling lamps

সারি সারি সিলিং ল্যাম্পে আলোকিত হয়ে উঠল হলঘর

There were doors all around the hall

হলের চারদিকে দরজা ছিল

but all the doors were locked

কিন্তু সব দরজা বন্ধ ছিল

she walked all the way down one side of the hall

হলের একপাশ দিয়ে হেঁটে হেঁটে গেল সে

and she had walked all the way up the other side of the hall

এবং তিনি হলের অন্য দিক পর্যন্ত হেঁটে গিয়েছিলেন

she had tried every door

তিনি প্রতিটি দরজা চেষ্টা করেছিলেন

and she walked sadly down the middle of the hall

আর সে দুঃখের সাথে হলের মাঝখান দিয়ে হেঁটে গেল

"how am I ever going to get out again?"

"আমি কীভাবে আবার বের হব?

Suddenly she came upon a little table
হঠাৎ সে একটা ছোট্ট টেবিলের সামনে এসে দাঁড়াল
the table was made entirely of solid glass
টেবিলটি সম্পূর্ণ শক্ত কাচের তৈরি
There was nothing on the table but a tiny golden key
টেবিলে একটা ছোট্ট সোনার চাবি ছাড়া আর কিছুই ছিল না
the key might belong to one of the doors!
চাবিটা বোধহয় কোনো একটা দরজার আছে!
but, alas! some of the locks were too large for the keys
কিন্তু হায়! কিছু তালা চাবির জন্য খুব বড় ছিল
and for the other locks the key was too small
এবং অন্যান্য তালার জন্য চাবিটি খুব ছোট ছিল
but, at any rate, the key opened none of the doors
কিন্তু যাই হোক না কেন, চাবি কোনও দরজা খুলল না
but what was she to do?
কিন্তু কী করার ছিল তাঁর?
she went through the hall again

সে আবার হলের ভেতর দিয়ে ঢুকে গেল

and this time she noticed a low curtain

আর এবার সে একটা নিচু পর্দা চোখে পড়ল

behind the curtain was a little door

পর্দার আড়ালে একটা ছোট্ট দরজা ছিল

the door was about fifteen inches high

দরজাটা প্রায় পনেরো ইঞ্চি উঁচু ছিল

She tried the little golden key in the lock

সে তালার ছোট্ট সোনালী চাবিটি চেষ্টা করল

and to her great delight, the key fit in the lock!

এবং তার মহা আনন্দের জন্য, চাবিটি তালায় ফিট করে!

Alice opened the door

অ্যালিস দরজা খুলল

and she found the door led into a small corridor

এবং তিনি দরজাটি একটি ছোট করিডোরে চলে যেতে দেখলেন

the corridor was not much larger than a rat-hole

করিডোরটি ইঁদুরের গর্তের চেয়ে খুব বেশি বড় ছিল না

she knelt down and looked along the corridor

সে হাঁটু গেড়ে বসে করিডোরের দিকে তাকাল

and she saw the loveliest garden you have ever seen

এবং তিনি আপনার দেখা সবচেয়ে সুন্দর বাগান দেখেছেন

how she longed to get out of that dark hall

সেই অন্ধকার হল থেকে বেরিয়ে আসার জন্য তার কত আকাঙ্ক্ষা ছিল

how she wanted to wander among those bright flowers

সেই উজ্জ্বল ফুলের মাঝে সে কেমন যেন ঘুরে বেড়াতে চেয়েছিল

how cool refreshing those fountains looked

সেই ঝর্ণাগুলো কেমন সুন্দর সতেজ লাগছিল

but she could not even get her head through the doorway

কিন্তু দরজা দিয়ে মাথা ঢোকাতেও পারছিলেন না তিনি

"Oh," said Alice, mournfully

"ওহ," অ্যালিস দুঃখের সাথে বলল

"how I wish I could fold up like a telescope!"

"কত ইচ্ছে করে টেলিস্কোপের মতো গুটিয়ে নিতে!"

"I think I could fold up like a telescope"

"আমি মনে করি আমি টেলিস্কোপের মতো ভাঁজ করতে পারি"

"if I only knew how to begin"

'আমি যদি জানতাম কীভাবে শুরু করতে হয়'

Alice went back to the table

অ্যালিস টেবিলে ফিরে গেল

there was the chance of finding another key

সুযোগ ছিল আরেকটা চাবি পাওয়া যাক

or there might be a book of rules

অথবা নিয়মের বই থাকতে পারে

the book could tell her how to fold up like a telescope

বইটি তাকে টেলিস্কোপের মতো ভাঁজ করতে বলতে পারে

This time she found a little bottle

এবার তিনি একটি ছোট বোতল পেলেন

"this bottle certainly was not here before," said Alice

"এই বোতলটি অবশ্যই আগে এখানে ছিল না," অ্যালিস বলল

and tied around the neck of the bottle was a paper label

আর বোতলের গলায় বাঁধা ছিল একটা পেপার লেবেল

the label was beautifully printed in large letters

লেবেলটি সুন্দরভাবে বড় অক্ষরে মুদ্রিত হয়েছিল

"DRINK ME"

'আমাকে পান করো'

"No, I'll look first," she said

"না, আমি আগে দেখব," সে বলল

"I'll see whether the bottle is marked as poisonous or not,"

"আমি দেখব বোতলটি বিষাক্ত হিসাবে চিহ্নিত করা হয়েছে কিনা,"

because she never forgot the lesson about poison

কারণ তিনি বিষ সম্পর্কে পাঠ কখনও ভোলেননি

"if a bottle is labelled poisonous, it's bound to disagree with you"

"যদি কোনও বোতলকে বিষাক্ত লেবেল দেওয়া হয় তবে এটি আপনার সাথে একমত হতে বাধ্য"

However, this bottle was not marked as poisonous

তবে এই বোতলকে বিষাক্ত হিসেবে চিহ্নিত করা হয়নি

so Alice ventured to taste the content of the bottle

তাই অ্যালিস সাহস করে বোতলের বিষয়বস্তুর স্বাদ নিতে লাগল

she found the liquid quite to her liking

তিনি তরলটি তার পছন্দ মতো পেয়েছিলেন

the drink had a sort of mixed flavour

পানীয়টিতে এক ধরণের মিশ্র স্বাদ ছিল

cherry-tart, custard, and pineapple

চেরি-টার্ট, কাস্টার্ড এবং আনারস

roast turkey, toffee, and toast with hot butter

গরম মাখন দিয়ে টার্কি, টফি এবং টোস্ট ভুনা করুন

and she soon finished off the bottle

এবং তিনি শীঘ্রই বোতলটি শেষ করলেন

"What a curious feeling!" said Alice

"কী অদ্ভুত অনুভূতি!" অ্যালিস বলল

"I am folding up like a telescope!"

"আমি টেলিস্কোপের মতো ভাঁজ হয়ে যাচ্ছি!"

And she was folding up like a telescope indeed!

আর সে তো টেলিস্কোপের মতো ভাঁজ হয়ে যাচ্ছিল!

She was now only ten inches high

এখন তার উচ্চতা মাত্র দশ ইঞ্চি

and her face brightened up at her thoughts

আর ভাবতে ভাবতে তার মুখ উজ্জ্বল হয়ে উঠল

now she was the the right size for the little door

এখন সে ছোট দরজার জন্য সঠিক আকার ছিল

now she could go into that lovely garden

এখন সে সেই সুন্দর বাগানে যেতে পারে

soon she stopped getting smaller

শীঘ্রই সে ছোট হওয়া বন্ধ করে দিল

she decided on going into the garden at once

সে একবারে বাগানে যাওয়ার সিদ্ধান্ত নিল

but, alas for poor Alice!

কিন্তু, বেচারা অ্যালিসের জন্য হায়!

she got to the door

সে দরজার কাছে গেল

but she had forgotten the little golden key

কিন্তু ছোট্ট সোনার চাবিটা সে ভুলে গিয়েছিল

she went back to the table for the key

সে চাবির জন্য টেবিলে ফিরে গেল

but she found she could not reach high enough

কিন্তু তিনি দেখলেন তিনি যথেষ্ট উঁচুতে পৌঁছাতে পারছেন না

she could see the key quite plainly through the glass

কাচের ভেতর দিয়ে চাবিটা বেশ স্পষ্ট দেখতে পেল সে

she tried to climb up the legs of the table

সে টেবিলের পা দুটো উপরে ওঠার চেষ্টা করল

but the glass was far too slippery

কিন্তু গ্লাসটা অনেক বেশি পিচ্ছিল ছিল

eventually she tired herself out with trying

অবশেষে চেষ্টা করেই ক্লান্ত হয়ে পড়লেন তিনি

and the poor little girl sat down and cried

আর বেচারা বসে বসে কাঁদতে লাগল

Alice spoke to herself rather sharply

অ্যালিস বরং নিজের সাথে তীক্ষ্ণ কথা বলল

"Come, there's no use in crying like that!"

"এসো, এভাবে কেঁদে লাভ নেই!"

"I advise you to stop right this minute!"

"আমি আপনাকে এই মুহূর্তে থামার পরামর্শ দিচ্ছি!"

She generally gave herself very good advice

তিনি সাধারণত নিজেকে খুব ভাল পরামর্শ দিয়েছিলেন

though she very seldom followed her own advice

যদিও তিনি খুব কমই তার নিজের পরামর্শ অনুসরণ করেছিলেন

and she sometimes was too harsh on herself

এবং তিনি মাঝে মাঝে নিজের প্রতি খুব কঠোর ছিলেন

and her words brought tears into her eyes

এবং তার কথায় তার চোখে জল এসেছিল

Soon her eye fell upon a little glass box

কিছুক্ষণের মধ্যেই তার চোখ পড়ল একটা ছোট্ট কাচের বাক্সের ওপর

the little glass box was lying under the table

ছোট্ট কাচের বাক্সটা টেবিলের নিচে পড়ে ছিল

in the glass box was a very small cake

কাচের বাক্সে খুব ছোট একটা কেক ছিল

on the cake some words were beautifully written

কেকের উপর কিছু শব্দ সুন্দর করে লেখা ছিল

the words had been marked in currants

কথাগুলো কারেন্টে চিহ্নিত করা ছিল

"EAT ME"

"আমাকে থাইয়ে দাও"

"Well, I'll eat the cake," said Alice

"ঠিক আছে, আমি কেকটি খাব," অ্যালিস বলল

"and if the cake makes me grow larger, I can reach the key"

"এবং যদি কেকটি আমাকে আরও বড় করে তোলে তবে আমি চাবিটি পৌঁছাতে পারি"

"and if the cake makes me grow smaller, I can creep under the door"

"আর কেকটা যদি আমাকে ছোট করে দেয়, আমি দরজার নিচে হামাগুড়ি দিতে পারি"

"so either way I'll get into the garden"

"যে করেই হোক আমি বাগানে ঢুকে যাব"

"and I don't care which of the two happens!"

"এবং আমি পরোয়া করি না যে দুটির মধ্যে কোনটি ঘটে!"

She ate a little bit of the cake

সে কেকের কিছুটা খেয়ে নিল

and she anxiously spoke to herself:

এবং তিনি উদ্বিগ্নভাবে নিজের সাথে কথা বললেন:

"Which way? Which way?"

"কোন পথে? কোন দিকে?"

and she held her hand on her head

আর সে তার মাথায় হাত রাখল

she wanted to feel which way she was growing
তিনি অনুভব করতে চেয়েছিলেন যে তিনি কোন দিকে বেড়ে উঠছেন

she was quite surprised to find what had happened
যা ঘটেছে তা জানতে পেরে তিনি বেশ অবাক হয়েছিলেন
she had remained the same size!
তিনি একই আকারের রয়ে গেলেন!
so this time she doubled her efforts
তাই এবার তিনি তার প্রচেষ্টা দ্বিগুণ করলেন
and soon she finished off the whole cake
আর তাড়াতাড়ি সে পুরো কেকটা শেষ করে ফেলল,

The Pool of Tears
কান্নার পুকুর

"This is getting more and more interesting!" cried Alice

"এটি আরও বেশি আকর্ষণীয় হয়ে উঠছে!" অ্যালিস চিৎকার করে উঠল

You can see she was very surprised

আপনি দেখতে পাচ্ছেন তিনি খুব অবাক হয়েছিলেন

"I'm opening out like the largest telescope there ever was!"

"আমি সর্বকালের বৃহত্তম টেলিস্কোপের মতো খুলছি!"

"Good-bye, feet! Oh, my poor little feet"

"বিদায়, পা! ওহ, আমার দরিদ্র ছোট পা"

"I wonder who will put on your shoes for you now, dears?"

"আমি ভাবছি এখন তোমার জন্য কে জুতো পরবে, প্রিয়তমা?"

"and I wonder who will put on your stockings?"

"আর আমি ভাবছি কে তোমার মোজা পরবে?"

"I shall be a great deal too far away"

"আমি অনেক দূরে থাকব"

"I won't be able trouble myself about you anymore"

"আমি আর তোমাকে নিয়ে ঝামেলা করতে পারব না"

Just at this moment her head struck against something

ঠিক এই মুহূর্তে তার মাথাটা কোন কিছুর সাথে ধাক্কা খায়

she had reached the roof of the hall

সে হলের ছাদে পৌঁছে গিয়েছিল

in fact, she was now more than two meters tall

আসলে, তিনি এখন দুই মিটারেরও বেশি লম্বা ছিলেন

and she at once took up the little golden key

এবং তিনি তৎক্ষণাৎ ছোট্ট সোনার চাবিটি তুলে নিলেন

and she hurried off to the garden door

এবং সে তাড়াতাড়ি বাগানের দরজার দিকে চলে গেল

Poor Alice! There was not much she could do

বেচারা অ্যালিস! তার তেমন কিছু করার ছিল না

she laid down on one side

সে একপাশে শুয়ে পড়ল

and she looked through into the garden with one eye

আর এক চোখে বাগানের দিকে তাকিয়ে রইল

but to get through was more hopeless than ever

কিন্তু পার পেয়ে যাওয়াটা ছিল আগের চেয়ে অনেক বেশি হতাশাজনক

She sat down and began to cry again

সে বসে পড়ল এবং আবার কাঁদতে শুরু করল

She went on shedding gallons of tears

গ্যালন গ্যালন অশ্রু বিসর্জন দিতে থাকেন তিনি

soon there was a large pool all around her

কিছুক্ষণের মধ্যেই তার চারপাশে একটা বড় জলাশয় দেখা গেল

and the water reached half-way down the hall

এবং জল হলের অর্ধেক পর্যন্ত পৌঁছেছে

After a time, she heard a little pattering of feet

কিছুক্ষণ পর পায়ের আওয়াজ শুনতে পেল

she heard the feet coming from the distance

দূর থেকে পায়ের আওয়াজ শুনতে পেল সে

and she hastily dried her eyes to see what was coming

এবং সে তাড়াতাড়ি চোখ মুছল দেখার জন্য কি আসছে

It was the White Rabbit returning

ফিরে এল সাদা খরগোশ

he was splendidly dressed

তিনি তো চমৎকার পোশাক পরেছিলেন

he had a pair of white gloves in one hand

তার এক হাতে ছিল সাদা গ্লাভস

and he had a large feather fan in the other hand

আর তার অন্য হাতে ছিল বিশাল পালকের পাখা

He came trotting along in a great hurry

খুব তাড়াহুড়ো করে এলো

and he muttered to himself, "Oh! the Duchess, the Duchess!"

মনে মনে বিড়বিড় করে বলল, "ওহ! ডাচেস, ডাচেস!"

"Oh! won't she be savage if I've kept her waiting!"

"ওহ! আমি যদি তাকে অপেক্ষা করিয়ে রাখি তবে সে কি অসভ্য হবে

না!"

When the Rabbit came near her, Alice spoke
থরগোশ যখন তার কাছে এল, অ্যালিস কথা বলল
but she spoke in a low, timid voice
কিন্তু সে নিচু, ভীরু গলায় কথা বলল
"sir, please stop what you're doing for one moment"
"স্যার, আপনি যা করছেন তা এক মুহূর্তের জন্য বন্ধ করুন"
The Rabbit startled violently
থরগোশ হিংস্রভাবে চমকে উঠল
he dropped the white gloves and the feather fan
সাদা গ্লাভস আর পালকের পাখা ফেলে দিলেন
and he scurried away into the darkness as fast as he could
এবং সে যত দ্রুত সম্ভব অন্ধকারে চলে গেল
Alice picked up the feather fan and gloves
অ্যালিস পালকের পাখা এবং গ্লাভস তুলে নিল
and she kept fanning herself while she kept talking
আর কথা বলতে বলতে সে পাখা মেলতে থাকে
"Dear, dear! How strange everything is today!"

"প্রিয়তমা! কী অদ্ভুত সব আজ!"
"yesterday things went on just as usual"
"গতকাল সবকিছু স্বাভাবিক হিসাবে চলেছিল"
"Was I the same when I got up this morning?"
"আজ সকালে যখন উঠেছিলাম তখন কি আমিও একই রকম ছিলাম?
"But if I'm not the same, there is another question"
"কিন্তু আমি যদি একই না হই, তাহলে অন্য প্রশ্ন আছে"
"Who in the world am I?"
'দুনিয়াতে আমি কে?
"Ah, that's the great puzzle!"
"আহ, এ তো মহা ধাঁধা!"
As she said this, she looked down at her hands
কথাটা বলতে বলতে সে তার হাতের দিকে তাকিয়ে রইল
she was wearing one of the rabbits little white gloves
তার পরনে ছিল একটা খরগোশের ছোঁউ সাদা গ্লাভস
she hadn't noticed she put the glove on while talking
কথা বলার সময় তিনি গ্লাভস পরে খেয়াল করেননি
"How can I have done that?" she thought
"আমি কীভাবে এটি করতে পারি?" সে ভেবেছিল
"I must be growing small again"
'আমি নিশ্চয়ই আবার ছোট হয়ে যাচ্ছি'
She got up and went to the table to measure her height
সে উঠে টেবিলের কাছে গেল তার উচ্চতা মাপতে
she found that she was now about half a meter tall
তিনি দেখতে পেলেন যে তিনি এখন প্রায় আধা মিটার লম্বা
and she was still shrinking rapidly
এবং সে তখনও দ্রুত সঙ্কুচিত হচ্ছিল
She soon found out what the cause of the shrinking was
তিনি শীঘ্রই সঙ্কুচিত হওয়ার কারণ কী তা খুঁজে পেয়েছিলেন
the feather fan was making her smaller again!
পালকের পাখা তাকে আবার ছোট করে দিচ্ছিল!
and she dropped the feather fan hastily

এবং তিনি তাড়াতাড়ি পালক পাখা ফেলে

she dropped the feather fan just in time to save herself

নিজেকে বাঁচাতে ঠিক সময়েই পালকের পাখা ফেলে দেন তিনি

had she fanned herself any longer she would have shrunk away entirely

সে যদি আর কিছুক্ষণ পাখা মেলে তাহলে সে একেবারে সঙ্কুচিত হয়ে যেত

"That was a narrow escape!" said Alice

"এটি একটি সংকীর্ণ পলায়ন ছিল!" অ্যালিস বলল

and she was a good deal frightened at the sudden change

এবং আকস্মিক পরিবর্তনে তিনি বেশ ভয় পেয়েছিলেন

but she was very glad to find herself still in existence

তবে নিজেকে এখনও অস্তিত্বে পেয়ে তিনি খুব খুশি হয়েছিলেন

"And now, off to the garden!"

"আর এখন, বাগানে যাও!"

And she ran with all speed back to the little door

এবং সে সমস্ত গতিতে ছোট্ট দরজার দিকে ছুটে গেল

but, alas! the little door was shut again

কিন্তু হায়! ছোট্ট দরজাটা আবার বন্ধ হয়ে গেল

and the little golden key was lying on the glass table again

আর ছোট্ট সোনালী চাবিটা আবার কাচের টেবিলে পড়ে আছে

"Things are worse than ever," thought the poor child

"পরিস্থিতি আগের চেয়ে খারাপ," বেচারা ভাবল

"I never was so small as this before, never!"

"আমি এর আগে কখনও এত ছোট ছিলাম না, কখনও না!

As she said these words, her foot slipped

কথাগুলো বলতে বলতে তার পা পিছলে গেল

and in another moment there was a great splash!

আর কিছুক্ষণের মধ্যেই প্রচণ্ড ঝড় উঠল!

she was up to her chin in salt-water

নোনা জলে থুতনি পর্যন্ত ছিল সে

Her first idea was that she had somehow fallen into the sea

প্রাথমিকভাবে ধারণা করা হচ্ছে, তিনি কোনোভাবে সাগরে পড়ে

গেছেন

However, she soon realized what she was in
যাইহোক, তিনি শীঘ্রই বুঝতে পেরেছিলেন যে তিনি কী ছিলেন

she was in a pool of tears
সে কান্নার পুকুরে ছিল

the tears she had wept when she was two meters tall
দুই মিটার লম্বা হওয়ার সময় সে যে অশ্রু কেঁদেছিল

Just then she heard something
ঠিক তখনই তিনি কিছু একটা শুনতে পেলেন

something was splashing about in the pool
পুকুরে কিছু একটা ছিটকে পড়ছিল

the splashing came from a little way off
একটু দূর থেকে ছিটকে পড়ল

and she swam nearer to see what the splashing was
আর সে সাঁতরে কাছে গিয়ে দেখল ছিটকে পড়ার শব্দ কি

she soon saw that it was only a little mouse
কিছুক্ষণের মধ্যেই সে দেখতে পেল যে ওটা একটা ছোট্ট ইঁদুর মাত্র

the little mouse had slipped in to the water too

ছোট্ট ইঁদুরটিও পানিতে তলিয়ে গিয়েছিল

Alice thought to herself about the situation

অ্যালিস মনে মনে ভাবতে লাগল পরিস্থিতি

"Would it be of any use to speak to this mouse?"

"এই ইঁদুরের সাথে কথা বলে কি কোন লাভ হবে?"

"Everything is so up-side-down down here"

"এখানে সবকিছু এত উল্টোপাল্টা হয়"

"I should think very likely this mouse can talk"

"আমার মনে হয় খুব সম্ভবত এই ইঁদুরটি কথা বলতে পারে"

"at any rate, there's no harm in trying"

"যে কোনও হারে, চেষ্টা করতে কোনও ক্ষতি নেই"

So she began trying to talk to the mouse

তাই সে ইঁদুরের সাথে কথা বলার চেষ্টা শুরু করল

"Oh Mouse, do you know the way out of this pool?"

"ওহ মাউস, তুমি কি এই পুল থেকে বের হওয়ার পথ জানো?"

"I am very tired of swimming about here, Oh Mouse!"

"আমি এখানে সাঁতার কাটতে কাটতে খুব ক্লান্ত হয়ে পড়েছি, ওহ মাউস!"

The mouse looked at her rather inquisitively

ইঁদুর জিজ্ঞাসু দৃষ্টিতে তার দিকে তাকাল

the mouse seemed to wink with one of its little eyes

ইঁদুরটা যেন তার ছোট্ট একটা চোখ দিয়ে চোখের পলক ফেলল

but the little mouse said nothing

কিন্তু ছোট্ট ইঁদুরটি কিছুই বলল না

"Perhaps the mouse doesn't understand English," thought Alice

"সম্ভবত ইঁদুরটি ইংরেজি বোঝে না," অ্যালিস ভেবেছিল

"I dare say it's a French mouse"

"আমি সাহস করে বলতে পারি এটি একটি ফরাসি ইঁদুর"

"perhaps this mouse came over with William the Conqueror"

"সম্ভবত এই ইঁদুরটি উইলিয়াম দ্য কনকয়েরারের সাথে এসেছিল"

So she began again, in French

তাই তিনি আবার শুরু করলেন, ফরাসি ভাষায়

"Where is my cat?" she asked in French
"আমার বিড়াল কোথায়?" সে ফরাসি ভাষায় জিজ্ঞাসা করল
it was the first sentence in her French lesson-book
এটি ছিল তার ফরাসি পাঠ-বইয়ের প্রথম বাক্য
The Mouse gave a sudden leap out of the water
ইঁদুর হঠাৎ জল থেকে লাফিয়ে উঠল
and the mouse seemed to quiver all over with fright
আর ইঁদুরটা যেন ভয়ে সারা শরীর কাঁপতে লাগল
"Oh, I beg your pardon!" cried Alice hastily
"ওহ, আমি আপনার ক্ষমা প্রার্থনা করছি!" অ্যালিস তাড়াতাড়ি চিৎকার করে উঠল
she was afraid that she had hurt the poor animal's feelings
তিনি ভয় পেয়েছিলেন যে তিনি দরিদ্র প্রাণীটির অনুভূতিতে আঘাত করেছেন
"I quite forgot you didn't like cats"
'আমি ভুলেই গিয়েছিলাম তুমি বিড়াল পছন্দ করো না'
"I don't like cats!" cried the Mouse in a shrill, passionate voice
"আমি বিড়াল পছন্দ করি না!" ইঁদুরটি তীক্ষ্ণ, আবেগপ্রবণ কন্ঠে চিৎকার করে উঠল
"Would you like cats, if you were me?"
"তুমি কি বিড়াল পছন্দ কর, যদি তুমি আমার জায়গায় হতে?
Alice comforted the mouse in a soothing tone
অ্যালিস শান্ত স্বরে ইঁদুরটিকে সান্ত্বনা দিল
"Well, perhaps I would not like cats if I were you either"
"আচ্ছা, আমি যদি তোমার জায়গায় হতাম তবে সম্ভবত আমি বিড়াল পছন্দ করতাম না"
"please don't be angry about the mention of cats"
"দয়া করে বিড়ালের উল্লেখ নিয়ে রাগ করবেন না"
"And yet I wish I could show you our cat Dinah"
"তবুও আমি যদি তোমাকে আমাদের বিড়াল দিনাহ দেখাতে পারতাম"

"if you met her I think you'd take a fancy to cats"
"আপনি যদি তার সাথে দেখা করেন তবে আমি মনে করি আপনি বিড়ালদের কাছে একটি অভিনব গ্রহণ করবেন"
"if you could only see her"
'তুমি যদি তাকে দেখতে পেতে'
"She is such a dear, quiet thing"
"সে এত প্রিয়, শান্ত জিনিস"
The mouse was shaking all over
সারা গায়ে ইঁদুর কাঁপছিল
Alice felt certain the mouse must be really offended
অ্যালিস নিশ্চিত ছিল যে ইঁদুরটি নিশ্চয়ই সত্যিই ক্ষুব্ধ হয়েছে
"We won't talk about her any more, if you'd rather not"
"আমরা তার সম্পর্কে আর কথা বলব না, যদি আপনি না চান"
"We, indeed!" cried the Mouse
"আমরা, সত্যি!" ইঁদুর চিৎকার করে উঠল
the mouse was trembling down to the end of its tail
ইঁদুরটি তার লেজের শেষ প্রান্ত পর্যন্ত কাঁপছিল
"As if I would talk on such a subject!"
"যেন এমন একটা বিষয় নিয়ে কথা বলি!"
"Our family always hated cats"
"আমাদের পরিবার সবসময় বিড়াল ঘৃণা করে"
"cats; nasty, low, vulgar things!"
"বিড়াল; নোংরা, নীচু, অশ্লীল জিনিস!"
"Don't let me hear the name again!"
"আমাকে আর নাম শুনতে দেবেন না!
"I won't mention cats again indeed!" said Alice
"আমি আর বিড়ালের কথা বলব না!" অ্যালিস বলল
she was in a great hurry to change the subject
প্রসঙ্গ পাল্টানোর জন্য তার খুব তাড়া ছিল
"Are you... are you fond of dogs?"
"আপনি... তুমি কি কুকুর পছন্দ কর?"
"There is such a nice little dog near our house,"
"আমাদের বাড়ির কাছে এত সুন্দর একটি ছোট কুকুর আছে,"

"I should like to show you the little dog!"
"আমি তোমাকে ছোড্ড কুকুরটি দেখাতে চাই!
"this little dog kills all the rats and...
"এই ছোড্ড কুকুরটি সমস্ত ইঁদুর মেরে ফেলে এবং...
"oh, dear!" cried Alice in a sorrowful tone
"ওহ, প্রিয়!" অ্যালিস দুঃখের সুরে চিৎকার করল
"I'm afraid I've offended you again!"
"আমি ভয় পাচ্ছি যে আমি আপনাকে আবার অপমান করেছি!"
the mouse was swimming away from her as fast as it could go
ইঁদুরটি যত দ্রুত সম্ভব তার কাছ থেকে সাঁতার কেটে দূরে সরে যাচ্ছিল
and the mouse made quite a commotion in the pool
আর ইঁদুরটা পুকুরে বেশ হৈচৈ ফেলে দিল
So she called softly after the mouse
তাই সে ইঁদুরের পেছনে আস্তে আস্তে ডাকল
"my dear mouse, please come back!"
"মাই ডিয়ার মাউস, প্লিজ কাম ব্যাক!
"and we won't talk about cats"
'আমরা বিড়াল নিয়ে কথা বলব না'
"and we don't have to talk about dogs either"
"এবং আমাদের কুকুর সম্পর্কে কথা বলতে হবে না"
When the mouse heard this, it turned around
এ কথা শুনে ইঁদুরটি ঘুরে দাঁড়ায়
and the little mouse swam slowly back to her
এবং ছোড্ড ইঁদুরটি আস্তে আস্তে তার কাছে ফিরে এল
the mouse's face was quite pale
ইঁদুরের মুখ বেশ ফ্যাকাশে হয়ে গেল
and the mouse spoke, in a low, trembling voice
এবং ইঁদুরটি নিচু, কাঁপা কাঁপা কণ্ঠে কথা বলল
"Let us get to the shore"
"চলো তীরে যাই"
"and then I'll tell you my history"

'তারপর আমি আমার ইতিহাস বলব'

"and you'll understand why it is I hate cats and dogs"

"এবং আপনি বুঝতে পারবেন কেন আমি বিড়াল এবং কুকুরকে ঘৃণা করি"

It had become high time to go

যাবার সময় হয়ে গেল

because the pool was getting quite crowded

কারন পুলে বেশ ভিড় হচ্ছিল

other birds and animals had fallen into the pool

অন্যান্য পশু-পাখি পুকুরে পড়ে গিয়েছিল

there were a Duck and a Dodo

একটা হাঁস আর একটা ডোডো ছিল

and there was a Lory bird and an Eaglet

আর ছিল একটা লরি পাখি আর একটা ঈগল

and there were several other interesting looking creatures

আর আরও অনেক আকর্ষণীয় দেখতে প্রাণী ছিল

Alice led the way out the pool

অ্যালিস পুলটি থেকে বেরিয়ে আসার পথে নেতৃত্ব দিয়েছিল

and the whole party of animals swam to the shore

আর পশুদের পুরো দল সাঁতরে তীরে উঠে এল

A caucus race and a long tail
একটি ককাস রেস এবং একটি দীর্ঘ লেজ

They were indeed a funny-looking bunch of animals
তারা সত্যিই একটি মজার চেহারার প্রাণী ছিল

and they all assembled on the water's bank
এবং তারা সকলে জলের তীরে একত্রিত হয়েছিল

the birds all had bedraggled feathers
পাখিদের সবারই পালক ছিল

and the furry animals were soaked through
আর লোমশ পশুগুলো ভিজে গেল

and all were dripping wet, annoyed and uncomfortable
আর সবাই ভিজে ভিজে ভিজে বিরক্ত আর অস্বস্তি বোধ করছিল

there was one question that had to be answered first
একটা প্রশ্নের উত্তর আগে দিতে হবে

what is the best way for everyone to get dry?
প্রত্যেকের শুকনো হওয়ার সর্বোত্তম উপায় কী?

They had a consultation about this matter
এ বিষয়ে তাদের মধ্যে আলোচনা হয়েছে

soon they were all on familiar terms
শীঘ্রই তারা সবাই পরিচিত শর্তে ছিল

it was as if she had known them all her life
যেন সারাজীবন ধরে ওদের চেনেন তিনি

the mouse seemed to be a person of some authority

ইঁদুরটিকে দেখে মনে হচ্ছিল কোনো কর্তৃত্বপরায়ণ ব্যক্তি

"Sit down, all of you, and listen to me!

"আপনারা সকলে বসুন এবং আমার কথা শুনুন!

"I'll soon make you all dry again!"

"আমি শীঘ্রই তোমাদের সবাইকে আবার শুকিয়ে দেব!"

They all sat down at once, in a large ring

তারা সবাই একযোগে একটি বড় রিংয়ে বসে পড়ল

and the little mouse sat in the middle

আর ছোট্ট ইঁদুরটা মাঝখানে বসে আছে

"Ahem!" said the mouse with an important air

"আহেম!" ইঁদুর গম্ভীর গলায় বলল

"Are you all ready?"

"তোমরা সবাই রেডি তো?"

"This is the driest thing I know"

"এটি আমার জানা সবচেয়ে শুষ্ক জিনিস"

"Silence all around, if you please!"

"চারিদিকে নীরবতা, যদি আপনি দয়া করেন!"

"William the Conqueror was favoured by the pope"

"উইলিয়াম বিজয়ী পোপ দ্বারা অনুকূল ছিল"

"but he was soon submitted to by the English"

"কিন্তু অচিরেই ইংরেজরা তার কাছে আত্মসমর্পণ করে"

"they wanted leaders of late"

'ওরা চেয়েছিল ইদানীং নেত্রী'

"and they had been accustomed to power and conquest"

"এবং তারা ক্ষমতা ও বিজয়ে অভ্যস্ত ছিল"

"Edwin and Morcar, the Earls of Mercia and Northumbria"

"এডউইন এবং মরকার, মার্সিয়া এবং নর্থামব্রিয়ার আর্লস"

"Ugh!" said the lori bird, with a shiver

"উফ!" কাঁপা কাঁপা গলায় বলল লরি পাখি

"and even Stigand, the patriotic archbishop of Canterbury"

"এবং এমনকি স্টিগ্যান্ড, ক্যানটারবেরির দেশপ্রেমিক আর্চবিশপ"

"he also found it advisable"

"তিনি এটাও যুক্তিযুক্ত বলে মনে করেছিলেন"

"What did he find advisable?" said the duck

হাঁস বলল, "তার কাছে কী পরামর্শ ছিল?"

"He found it advisable" the mouse replied rather crossly

ইঁদুর কিছুটা রাগান্বিত গলায় জবাব দিল, "তার কাছে এটা যুক্তিযুক্ত মনে হয়েছে

but the duck was not satisfied

কিন্তু হাঁসটি সন্তুষ্ট হয়নি

"of course, you know what 'it' means"

"অবশ্যই, আপনি জানেন যে 'এটি' এর অর্থ কী"

"I know what 'it' is when I find a thing," said the duck

হাঁস বলল, "জিনিস পেলেই আমি জানি 'এটা' কী

"it's generally a frog or a worm"

"এটি সাধারণত একটি ব্যাঙ বা একটি কীট"

"The question is, what did the archbishop find?"

প্রশ্ন হচ্ছে, আর্চবিশপ কী খুঁজে পেলেন?

The mouse did not notice this question

ইঁদুরটি এই প্রশ্নটি খেয়াল করেনি

instead, the mouse hurriedly went on with the speech

পরিবর্তে, ইঁদুরটি তাড়াতাড়ি বক্তৃতা চালিয়ে গেল

"he found it advisable to go with Edgar Atheling"

"তিনি এডগার অ্যাথেলিংয়ের সাথে যাওয়া যুক্তিযুক্ত বলে মনে করেছিলেন"

"to meet William and offer him the crown"

"উইলিয়ামের সাথে দেখা করতে এবং তাকে মুকুট অফার করতে"

the mouse continued, turning to Alice as it spoke

ইঁদুরটি কথা বলতে বলতে অ্যালিসের দিকে ফিরে বলল

"How are you getting on now, my dear?"

"এখন কেমন আছো প্রিয়তমা?"

"As wet as ever," said Alice in a melancholy tone

"আগের মতোই ভেজা," অ্যালিস বিষন্ন সুরে বলল

"this story doesn't seem to dry me at all"

"এই গল্পটি আমাকে মোটেও শুকিয়ে যাচ্ছে বলে মনে হচ্ছে না"

"In that case," said the dodo solemnly, rising to its feet

"তা হলে," ডোডো গম্ভীরভাবে উঠে দাঁড়াল

"I vote that the meeting be adjourned"

"আমি ভোট দিচ্ছি যে সভা মুলতবি করা হোক"

"and I propose an immediate adoption of more energetic remedies"

"এবং আমি আরও শক্তিশালী প্রতিকারের তাত্ক্ষণিক গ্রহণের প্রস্তাব করছি"

"Speak real words!" said the eaglet

ঈগল বলল, "আসল কথা বলো

"I don't know the meaning of half of those long words"

"এই দীর্ঘ শব্দগুলির অর্ধেকের অর্থ আমি জানি না"

"and, what's more, I don't believe you know either!"

"আর কি, আমি বিশ্বাস করি না যে আপনিও জানেন!"

"What I was going to say," said the dodo in an offended tone

"আমি যা বলতে যাচ্ছিলাম," ডোডো বিরক্তির সুরে বলল

"the best thing to get us dry would be a caucus-race"

"আমাদের শুকিয়ে যাওয়ার জন্য সেরা জিনিসটি একটি ককাস-রেস হবে"

"What is a caucus-race?" said Alice

"ককাস-রেস কী?" অ্যালিস বলল

"Well," said the dodo, "the best way to explain it is to do it"
"আচ্ছা," ডোডো বলল, "এটি ব্যাখ্যা করার সর্বোত্তম উপায় হ'ল এটি করা"
"First the dodo marked out a race-course"
"প্রথমে ডোডো একটি রেস-কোর্স চিহ্নিত করেছে"
"the track was in a sort of circle"
"ট্র্যাকটি এক ধরণের বৃত্তের মধ্যে ছিল"
"and then all the party were placed along the course"
"এবং তারপর সমস্ত পার্টি কোর্স বরাবর স্থাপন করা হয়েছিল"
There was no "One, two, three and away!"
'ওয়ান, টু, থ্রি অ্যান্ড অ্যাওয়ে' বলে কিছু ছিল না।
but they began running when they liked
কিন্তু তারা যখন খুশি দৌড়াতে শুরু করে
and they also finished when they liked
আর যখন খুশি শেষ করলেন
so it was not easy to know when the race was over
তাই দৌড় কখন শেষ হয়ে গেছে তা জানা সহজ ছিল না
after half an hour or so of running they were all quite dry
প্রায় আধ ঘন্টা দৌড়ানোর পর তারা সবাই বেশ শুকনো হয়ে গেল
the dodo suddenly called out, "The race is over!"
ডোডো হঠাৎ ডেকে উঠল, "দৌড় শেষ!"
and they all crowded around the dodo
আর তারা সবাই ডোডোর চারপাশে ভিড় করেছিল
all the animals were panting and puffing
সমস্ত প্রাণী হাঁপাচ্ছিল এবং ফুঁপিয়ে উঠছিল
and they all wanted to know, "But who has won?"
তারা সবাই জানতে চাইল, "কিন্তু কে জিতেছে?
This question the dodo could not immediately answer
এই প্রশ্নের তাৎক্ষণিক উত্তর দিতে পারেননি ডোডো
first he had to do a great deal of thinking
প্রথমে তাকে অনেক চিন্তাভাবনা করতে হয়েছে
after much thinking, the dodo finally spoke

অনেক চিন্তাভাবনার পর অবশেষে ডোডো কথা বলল
"Everybody has won, and all must have prizes"
'সবাই জিতেছে, সবারই পুরস্কার থাকতে হবে'
"But who is to give the prizes?" asked a chorus of voices
"কিন্তু পুরস্কার দেবে কে?" সমস্বরে জিজ্ঞেস করল সমস্বর
"Well, she, of course," said the dodo
"আচ্ছা, অবশ্যই," ডোডো বলল
and the dodo pointed with one finger to Alice
এবং ডোডো এক আঙুল দিয়ে অ্যালিসের দিকে ইঙ্গিত করল
and the whole party of animals crowded around her
আর তার চারপাশে পশুপাখির পুরো দল ভিড় জমিয়েছে
they called out, in a confused way, "Prizes! Prizes!"
তারা বিভ্রান্ত ভঙ্গিতে চিৎকার করে উঠল, "পুরস্কার! পুরস্কার!"
Alice had no idea what to do
অ্যালিসের কী করা উচিত সে সম্পর্কে কোনও ধারণা ছিল না
in despair she put her hand into her pocket
হতাশায় সে পকেটে হাত ঢুকিয়ে নিল
and she pulled out a box of sweets
আর সে মিষ্টির বাক্স বের করল
luckily the salt-water had not got into the box
ভাগ্যিস নোনা-জল বাক্সে ঢোকেনি
and she handed the sweets around as prizes
আর পুরস্কার হিসেবে মিষ্টিগুলো হাতে তুলে দিলেন
There was exactly one piece for everyone
প্রত্যেকের জন্য ঠিক এক টুকরো ছিল
The next thing they had to do was to eat the sweets
এরপরে তাদের মিষ্টি খেতে হয়েছিল
this caused some noise and confusion
এতে কিছু গোলমাল ও বিভ্রান্তির সৃষ্টি হয়
the large birds complained that they could not taste their sweets
বড় পাখিরা অভিযোগ করেছিল যে তারা তাদের মিষ্টির স্বাদ নিতে পারে না

the small ones choked and had to be patted on the back

ছোটদের দম বন্ধ হয়ে আসে এবং পিঠ চাপড়ে দিতে হয়

However, it was over at last

তবে শেষ পর্যন্ত তা শেষ হয়ে গেল

and they sat down again in a ring

এবং তারা আবার একটি রিংয়ে বসে পড়ল

and they begged the mouse to tell them something more

এবং তারা ইঁদুরটিকে আরও কিছু বলার জন্য অনুরোধ করেছিল

"You promised to tell me your history, you know," said Alice

"আপনি আমাকে আপনার ইতিহাস বলার প্রতিশ্রুতি দিয়েছিলেন, আপনি জানেন," অ্যালিস বলল

and she made another little remark about cats in a whisper

এবং সে ফিসফিস করে বিড়াল সম্পর্কে আরও একটি ছোট মন্তব্য করেছিল

she didn't want to offend the mouse again

সে আর ইঁদুরটিকে অপমান করতে চায় না

the little mouse turned to Alice and sighed

ছোট্ট ইঁদুরটি অ্যালিসের দিকে ফিরে দীর্ঘশ্বাস ফেলল

"Mine is a long and a sad tale!"

"আমার একটি দীর্ঘ এবং দুঃখজনক গল্প!"

"It is a long tail, certainly," said Alice

"এটি একটি দীর্ঘ লেজ, অবশ্যই," অ্যালিস বলল

and she looked down with wonder at the mouse's tail

আর সে অবাক হয়ে ইঁদুরের লেজের দিকে তাকিয়ে রইল

"but why do you call it a sad tail?"

"কিন্তু এটাকে দুঃখের লেজ বলছেন কেন?"

And she kept on puzzling about it while the mouse was speaking

এবং ইঁদুরটি যখন কথা বলছিল তখন সে এটি নিয়ে বিভ্রান্ত হতে থাকে

so that her idea of the tale was something like this

যাতে গল্প তার ধারণা এই মত কিছু ছিল

"Fury said to
a mouse, That
he met in the
house, 'Let
us both go
to law: I
will prosecute
you.—
Come, I'll
take no denial:
We must have
the trial;
For really
this morning
I've
nothing
to do.'
Said the
mouse to
the cur,
'Such a
trial, dear
sir, With
no jury
or judge,
would
be wasting
our
breath.'
'I'll be
judge,
I'll be
jury,'
said
cunning
old
Fury;
'I'll
try
the
whole
cause,
and
condemn
you to
death.'"

Fury said to a mouse, That he met in the house"

ফিউরি একটি ইঁদুরকে বলল, যে সে বাড়িতে দেখা করেছিল"

Let us both go to law: I will prosecute you

আসুন আমরা উভয়ে আইনের শরণাপন্ন হই: আমি আপনার বিরুদ্ধে মামলা করব

Come, I'll take no denial: We must have the trial

আসুন, আমি অস্বীকার করব না: আমাদের অবশ্যই বিচার হতে হবে

For really this morning I've nothing to do

আজ সকালে আমার কিছু করার নেই

Said the mouse to the cur;

ইঁদুর কুঁকড়ে বলল;

Such a trial, dear sir, With no jury or judge, would be wasting our breath

প্রিয় জনাব, জুরি বা বিচারক না থাকলে এমন বিচার আমাদের দম

নষ্ট করবে

"I'll be judge, I'll be jury," said cunning old Fury

ধূর্ত বুড়ো ফিউরি বলল, "আমি বিচারক হব, আমি জুরি হব

I'll try the whole cause, and condemn you to death

আমি পুরো কারণটির বিচার করব এবং আপনাকে মৃত্যুদণ্ডে দণ্ডিত করব

the mouse spoke severely to Alice

ইঁদুরটি অ্যালিসের সাথে কড়া ভাষায় কথা বলল

"You are not paying attention!"

"তুমি পাত্তা দিচ্ছ না!"

"What are you thinking of?"

"কি ভাবছিস?"

"I beg your pardon," said Alice very humbly

"আমি আপনার ক্ষমা প্রার্থনা করছি," অ্যালিস খুব নম্রভাবে বলল

"you had got to the fifth bend, I think?"

"আপনি পঞ্চম বাঁকে পৌঁছেছেন, আমার মনে হয়?"

"You insult me by talking such nonsense!"

"তুমি এমন বাজে কথা বলে আমাকে অপমান করছ!"

and the mouse got up and walked away

এবং ইঁদুরটি উঠে চলে গেল

Alice called after the little mouse

অ্যালিস ছোট্ট ইঁদুরের পরে ডাকল

"Please come back and finish your story!"

"দয়া করে ফিরে আসুন এবং আপনার গল্পটি শেষ করুন!

And the others all joined in chorus

আর বাকিরা সবাই কোরাসে যোগ দিল

"Yes, please do finish your story!"

"হ্যাঁ, আপনার গল্প শেষ করুন!

But the mouse only shook its head impatiently

কিন্তু ইঁদুরটি শুধু অধৈর্য হয়ে মাথা নাড়ল

and the little mouse walked a little quicker

আর ছোট্ট ইঁদুরটা একটু তাড়াতাড়ি হাঁটতে লাগল

"I wish I had Dinah, our cat, here!" said Alice

"আমি আশা করি আমার এখানে আমাদের বিড়াল দিনাহ থাকত!" অ্যালিস বলল

This caused a remarkable sensation among the party

এ নিয়ে দলের মধ্যে ব্যাপক চাঞ্চল্যের সৃষ্টি হয়

Some of the birds hurried off at once

কিছু পাখি একবারে তাড়াহুড়ো করে চলে গেল

and a Canary called out in a trembling voice, to its children;

এবং একটি ক্যানারি কাঁপা কাঁপা কণ্ঠে তার বাচ্চাদের ডেকেছিল;

"Come away, my dears!"

"চলে এসো, আমার প্রিয়তমা!"

"It's high time you were all in bed!"

"তোমরা সবাই বিছানায় শুয়ে পড়ার সময় হয়ে গেছে!"

with various excuses they all went away

নানা অজুহাতে তারা সবাই চলে গেল

and Alice was soon left alone

এবং অ্যালিস শীঘ্রই একা হয়ে গেল

"I wish I hadn't mentioned Dinah!"

"আমি যদি দিনার কথা না বলতাম!"

"Nobody seems to like her down here"

"এখানে কেউ তাকে পছন্দ করে বলে মনে হয় না"

"but I'm sure she's the best cat in the world!"

কিন্তু আমি নিশ্চিত সে বিশ্বের সেরা বিড়াল!

Poor Alice began to cry again

বেচারা অ্যালিস আবার কাঁদতে শুরু করল

because she felt very lonely and low-spirited

কারণ তিনি খুব একাকী এবং নিম্ন-উৎসাহী বোধ করেছিলেন

In a little while, however, she again heard something

কিন্তু কিছুক্ষণ পর আবার কিছু একটা শুনতে পেল সে

a little pattering of footsteps in the distance

দূরে পায়ের আওয়াজ

and she looked up eagerly

এবং তিনি অধীর আগ্রহে তাকালেন

The rabbit sends in little Mr Bill
খরগোশ ছোট্ট মিঃ বিলকে পাঠায়

It was the white rabbit,trotting slowly back again
সাদা খরগোশটা আস্তে আস্তে আবার পেছনে ছুটতে লাগল
he was looking about anxiously as he went
যেতে যেতে উদ্বিগ্ন চোখে এদিক ওদিক তাকাচ্ছিল
he looked as if he had lost something
তাকে দেখে মনে হচ্ছিল যেন সে কিছু হারিয়েছে
Alice heard him muttering to himself
অ্যালিস শুনতে পেল সে নিজের সাথে বিড়বিড় করছে
"The Duchess! The Duchess! Oh, my dear paws!"
"ডাচেস! ডাচেস! ওহ, আমার প্রিয় থাবা!"
"Oh, my fur and whiskers!"
"ওহ, আমার পশম এবং গোঁফ!"
"She'll get me executed, I'm sure of that"
'সে আমার মৃত্যুদণ্ডও কার্যকর করবে, এ ব্যাপারে আমি নিশ্চিত'
"just as sure as ferrets are ferrets!"
"ফেরেট যেমন ফেরেট তেমনি নিশ্চিত!"
"Where can I have dropped my things, I wonder?"

"আমি আমার জিনিসপত্র কোথায় ফেলে যেতে পারি, আমি ভাবছি?"

Alice guessed in a moment what he was looking for

অ্যালিস এক মুহূর্তের মধ্যে অনুমান করেছিল যে সে কী খুঁজছে

he was looking for the feather fan

তিনি পালক পাখা খুঁজছিলেন

and he was looking for the pair of white gloves

এবং তিনি সাদা গ্লাভস জোড়া খুঁজছিলেন

so she very good-naturedly began looking for the gloves

তাই তিনি খুব সদালাপী হয়ে গ্লাভস খুঁজতে শুরু করলেন

and she looked for the feather fan too

এবং তিনি পালক পাখা খুঁজেছিলেন

but the gloves and feather fan were nowhere to be seen

কিন্তু গ্লাভস আর পালকের পাখা কোথাও দেখা গেল না

everything seemed to have changed since her swim in the pool

পুলে সাঁতার কাটার পর থেকে সবকিছু বদলে গেছে বলে মনে হচ্ছিল

nothing was the same since she had been in the great hall

গ্রেট হলে থাকার পর থেকে কিছুই আগের মতো নেই

and the glass table had vanished

আর কাচের টেবিলটা উধাও হয়ে গেল

and the little door wasn't there either

ছোট্ট দরজাটাও ওখানে ছিল না

Very soon the rabbit noticed Alice

খুব শীঘ্রই খরগোশটি অ্যালিসকে লক্ষ্য করল

he called to her in an angry tone

তিনি রাগান্বিত সুরে তাকে ডাকলেন

"Mary Ann, what are you doing out here?"

"মেরি অ্যান, তুমি এখানে কী করছ?"

"Run home this moment"

"এই মুহূর্তে বাড়ি পালাও"

"and fetch me a pair of gloves and a feather fan!"

"আর আমার জন্য এক জোড়া গ্লাভস আর একটা পালকের পাখা

নিয়ে এসো!"

"and be quick about it!"

"আর তাড়াতাড়ি কর!"

Alice spoke to herself as she ran off

অ্যালিস দৌড়ে যাওয়ার সময় নিজের সাথে কথা বলল

"He must have mistaken me for his housemaid!"

"সে নিশ্চয়ই আমাকে তার গৃহকর্মী ভেবে ভুল করেছে!"

"How surprised he'll be when he finds out who I am!"

"সে যখন জানতে পারবে আমি কে, তখন সে কতই না অবাক হবে!"

As she said this, she came upon a neat little house

এই বলিয়া সে একটা পরিচ্ছন্ন ছোট্ট ঘর দেখিতে পাইল

on the door of the house was a bright brass plate

বাড়ির দরজায় একটা উজ্জ্বল পিতলের থালা ছিল

"W. RABBIT"

"ডব্লিউ থরগোশ"

She went in without knocking on the door

দরজায় নক না করেই ভেতরে ঢুকে গেল সে

and she hurried straight upstairs

এবং সে তাড়াতাড়ি সোজা উপরে চলে গেল

she worried that she might meet the real Mary Ann

তিনি চিন্তিত যে তিনি আসল মেরি অ্যানের সাথে দেখা করতে পারেন

because then she would be turned out of the house

কারণ তখন তাকে বাড়ি থেকে বের করে দেওয়া হবে

and she wouldn't be able to find the feather fan and gloves

এবং সে পালক পাখা এবং গ্লাভস খুঁজে পেতে সক্ষম হবে না

Alice had found her way into a tidy little room

অ্যালিস একটা পরিপাটি ছোট্ট ঘরে ঢুকে পড়েছিল

in the room was a table by the window

ঘরে জানালার পাশে একটা টেবিল ছিল

and on the table was a feather fan

আর টেবিলের ওপর ছিল পালকের পাখা
and there were two or three pairs of tiny white gloves
আর দু-তিন জোড়া ছোট ছোট সাদা গ্লাভস ছিল
she picked up the feather fan and a pair of the gloves
সে পালকের পাখা আর একজোড়া গ্লাভস তুলে নিল
and she was just about to leave the room
এবং তিনি সবে ঘর থেকে বেরিয়ে যেতে চেয়েছিলেন
but then her eyes fell upon a little bottle
কিন্তু তখনই তার চোখ পড়ল একটা ছোট বোতলের ওপর
She uncorked the bottle and put it to her lips
বোতলটা খুলে ঠোঁটের কাছে রাখল
"I do hope it'll make me grow large again"
"আমি আশা করি এটি আমাকে আবার বড় করে তুলবে"
"I'm tired of being such a tiny little thing!"
"এত ছোট জিনিস হতে থাকতে আমি ক্লান্ত!"
Alice had hardly drunk half the bottle
অ্যালিস খুব কমই অর্ধেক বোতল পান করেছিল
her head was already pressing against the ceiling
তার মাথাটা ততক্ষণে সিলিংয়ের সাথে চেপে বসেছে
and she had to stoop down
এবং তাকে নিচে নামতে হয়েছিল
to save her neck from being broken
তার ঘাড় ভাঙ্গা থেকে বাঁচাতে
She hastily put down the bottle
সে তাড়াতাড়ি বোতলটা নামিয়ে রাখল
"That's quite enough"
"এটাই যথেষ্ট"
"I hope I don't grow anymore"
'আশা করি আর বড় হবো না'
Alas! It was too late to wish that!
হায়! ইচ্ছে করতেই অনেক দেরি হয়ে গেল!
She went on growing and growing
সে বাড়তে লাগল এবং বাড়তে লাগল

and very soon she had to kneel down on the floor

এবং খুব শীঘ্রই তাকে মেঝেতে হাঁটু গেড়ে বসতে হয়েছিল

and even then she went on growing

তারপরও সে বাড়তে থাকে

as a last resource she put one arm out of the window

শেষ ভরসা হিসেবে সে জানালার বাইরে একটা হাত রাখল

and she put one foot up the chimney

এবং সে চিমনির উপরে এক পা রাখল

"Now I can do no more, whatever happens"

'এখন আর পারছি না, যাই ঘটুক না কেন'

"What will become of me?"

"আমার কী হবে?"

Alice had a spot of luck

অ্যালিসের ভাগ্য সহায় ছিল

the little magic bottle had had its full effect

ছোট্ট জাদুর বোতলটি তার পুরো প্রভাব ফেলেছিল

and Alice grew no larger than she was

এবং অ্যালিস তার চেয়ে বড় হয়ে ওঠেনি

After a few minutes she heard a voice outside

কিছুক্ষণ পর তিনি বাইরে একটি কণ্ঠস্বর শুনতে পেলেন
and she stopped to listen to the voice
আর গলার আওয়াজ শুনতে শুনতে থমকে দাঁড়াল সে
"Mary Ann! Mary Ann!" said the voice
"মেরি অ্যান! মেরি অ্যান!" কণ্ঠস্বর বলে উঠল
"Fetch me my gloves this moment!"
"এই মুহূর্তে আমার গ্লাভস এনে দাও!"
Then came a little pattering of feet on the stairs
তারপর সিঁড়িতে একটু পায়ের আওয়াজ এল
Alice knew it was the rabbit coming to look for her
অ্যালিস জানত যে থরগোশটি তাকে খুঁজতে আসছে
and she trembled till she shook the house
আর সে কাঁপতে কাঁপতে বাড়িটা কাঁপতে লাগল
she quite forgot what her proportions were
তিনি বেশ ভুলে গিয়েছিলেন যে তার অনুপাত কী ছিল
she was a thousand times as large as the rabbit
সে থরগোশের চেয়ে হাজার গুণ বড় ছিল
and she had no reason to be afraid of a rabbit
আর থরগোশকে ভয় পাওয়ার কোনো কারণ ছিল না তার
Presently the rabbit came up to the door
এবার থরগোশটা দরজার কাছে এসে দাঁড়াল
and the little rabbit tried to open the door
আর ছোট্ট থরগোশটা দরজা খোলার চেষ্টা করল
the door started to open inwards
দরজা ভিতরের দিকে খুলতে শুরু করল
but Alice's elbow was pressed hard against the door
কিন্তু অ্যালিসের কনুই দরজার সাথে সজোরে চাপ দেওয়া হয়েছিল
that attempt proved a failure
সেই চেষ্টা ব্যর্থ প্রমাণিত হয়েছিল
Alice heard the rabbit speak to himself
অ্যালিস থরগোশটিকে নিজের সাথে কথা বলতে শুনল
"Then I'll go around and get in through the window"
"তাহলে আমি ঘুরে ঘুরে জানালা দিয়ে ঢুকব"

"That you won't!" thought Alice

"যে তুমি করবে না!" অ্যালিস ভেবেছিল

and she waited a little again

সে আবার একটু অপেক্ষা করল

soon she heard the rabbit just under the window

একটু পরেই জানালার নিচে খরগোশের ডাক শুনতে পেল সে

she suddenly spread out her hand

সে হঠাৎ তার হাত ছড়িয়ে দিল

and she made a snatch in the air

এবং তিনি বাতাসে একটি ছিনতাই করেছিলেন

She did not get hold of anything

তিনি কিছুই ধরতে পারেননি

but she heard a little shriek and a fall

কিন্তু সে একটু চিৎকার আর পতনের শব্দ শুনতে পেল

and she heard a crash of broken glass

এবং সে ভাঙা কাচের আছড়ে পড়ার শব্দ শুনতে পেল

perhaps the rabbit had fallen

সম্ভবত খরগোশটি পড়ে গিয়েছিল

maybe he was in a green-house

তিনি হয়তো গ্রিন-হাউসে ছিলেন

Next came an angry voice; the rabbit's voice

এরপরই ভেসে আসে ক্রুদ্ধ কণ্ঠস্বর; খরগোশের কণ্ঠ

"Pat, where are you?"

"প্যাট, তুমি কোথায়?"

And then came a voice she had never heard before

এবং তারপর এমন একটি কণ্ঠস্বর এল যা সে আগে কখনও শোনেনি

"your honour, I'm here!"

"ইয়োর অনার, আমি এখানে!

"I'm digging for apples"

"আমি আপেল জন্য খনন করছি"

"Here! Come and help me out of this!"

"এই যে! আসুন এবং আমাকে এই থেকে মুক্তি দিন!"

"Now tell me, Pat, what's that in the window?"

"এবার বলো প্যাট, জানালায় ওটা কী?"
"Sure, your honour, I will tell you"
"অবশ্যই, ইয়োর অনার, আমি আপনাকে বলব"
"it's an arm that's in the window!"
"এটা একটা হাত যা জানালায় আছে!"
"Well, an arm has no business there"
"আচ্ছা, একটা হাতের ওখানে কোনো কাজ নেই"
"go and take the arm away!"
"যাও, হাতটা নিয়ে যাও!"
There was a long silence after this
এর পর দীর্ঘ নীরবতা বিরাজ করে
and Alice could only hear whispers now and then
এবং অ্যালিস কেবল মাঝে মাঝে ফিসফিস শুনতে পাচ্ছিল
and at last she spread out her hand again
অবশেষে সে আবার হাত বাড়িয়ে দিল
and she made another snatch in the air
এবং সে বাতাসে আরও একটি ছিনতাই করেছিল
This time there were two little shrieks
এবার দুটো ছোট চিৎকার শোনা গেল
and there was more sounds of broken glass
আরও ভাঙা কাঁচের শব্দ শোনা গেল
"I wonder what they'll do next!" thought Alice
"আমি ভাবছি তারা এর পরে কী করবে!" অ্যালিস ভেবেছিল
"I wish they would pull me out the window"
"আমি আশা করি তারা আমাকে জানালা দিয়ে টেনে তুলবে"
She waited for some time
সে কিছুক্ষণ অপেক্ষা করল
but for a while she didn't hear anything more
কিন্তু কিছুক্ষণ সে আর কিছু শুনতে পেল না
At last came a rumbling of little wheels
অবশেষে ছোট ছোট চাকার গুঞ্জন শোনা গেল
and there came the sound of a good many voices
এবং সেখানে অনেক ভাল কণ্ঠস্বর শোনা গেল

all the voices were talking together

সব কন্ঠ একসঙ্গে কথা বলছিল

She could make out some of the words

তিনি কিছু শব্দ বের করতে পারতেন

"Where's the other ladder?"

"অন্য সিঁড়িটা কোথায়?"

"Bill's got the other ladder"

"বিল অন্য সিঁড়ি পেয়েছে"

"Bill, come here!"

"বিল, এদিকে এসো!

"Will the roof bear the load?"

"ছাদ কি ভার বহন করবে?"

"Who wants to go down the chimney?"

"কে চিমনি দিয়ে নামতে চায়?"

"Nay, I shall not! You do it!"

"না, আমি যাব না! তুই করবি!"

"Here, Bill!"

"এই যে বিল!"

"The master says you've got to go down the chimney!"

"মাস্টারমশাই বলছেন চিমনি দিয়ে নামতে হবে!"

Alice drew her foot as far down the chimney as she could

অ্যালিস তার পা যতটা সম্ভব চিমনি থেকে নামিয়ে আনল

and then she waited to see what was coming

তারপর অপেক্ষা করতে লাগল কি আসছে দেখার জন্য

she heard a little animal scratching and scrambling

সে শুনতে পেল একটা ছোট্ট জন্তু আঁচড়াচ্ছে আর কিচিরমিচির করছে

the little animal must be in the chimney

ছোট্ট প্রাণীটি অবশ্যই চিমনিতে থাকতে হবে

then she gave one sharp kick

তারপর একটা ধারালো লাথি মারল

and she waited to see what would happen next

এরপর কী হয় তা দেখার জন্য তিনি অপেক্ষা করতে লাগলেন

she heard a general chorus of voices
সে শুনতে পেল একটি সাধারণ কোরাস কন্ঠস্বর
"There goes Bill!" they all said
"এই যে বিল!" সবাই বলে উঠল
then she heard the rabbit's voice alone
তারপর একা একা খরগোশের গলা শুনতে পেল
"You by the hedge, catch him!"
"তুই ঝোপের ধারে, ওকে ধর!"
there was another moment of silence
আরেক মুহুর্তের নীরবতা বিরাজ করল
and then there was another confusion of voices
আর তখনই কন্ঠস্বরের আরেক বিভ্রান্তি দেখা দিল
"Hold up his head, Brandy"
"মাথা উঁচু করে দাঁড়াও, ব্র্যান্ডি"
"be careful not to choke him"
'সাবধানে থেকো যেন তার গলা টিপে না ধরে'
"What happened to you?"
"কি হয়েছে তোমার?"
Last came a little feeble, squeaking voice
শেষের দিকে একটু ক্ষীণ, চাপা কন্ঠস্বর ভেসে এল
"Well, I hardly know no more"
"আচ্ছা, আমি আর জানি না"
"thank you all, I'm better now"
'সবাইকে ধন্যবাদ, আমি এখন ভালো আছি'
"there is one thing I can remember"
"একটা জিনিস আমি মনে করতে পারি"
"something comes at me like a train in a tunnel"
"সুড়ঙ্গের মধ্যে ট্রেনের মতো কিছু আমার দিকে আসে"
"and up I fly like a sky-rocket!"
"আর আমি আকাশ-রকেটের মতো উড়ছি!"
there was a minute or two of silence
সেখানে দু-এক মিনিট নীরবতা বিরাজ করে
and then they began moving about again

তারপর তারা আবার নড়াচড়া শুরু করে
and Alice heard the Rabbit speak again
এবং অ্যালিস আবার থরগোশের কথা শুনতে পেল
"A barrowful will do, to begin with"
"একটি ব্যারো উইল করবে, শুরু করার জন্য"
"A barrowful of what?" thought Alice
"কিসের বারো?" অ্যালিস ভাবল
But she was not kept in suspense for long
কিন্তু তাকে বেশিক্ষণ সাসপেন্সে রাখা হয়নি
a shower of little pebbles came through the window
জানালা দিয়ে ছোট ছোট নুড়ি পাথরের বৃষ্টি ভেসে আসছে
and some of the little pebbles hit her in the face
আর কিছু ছোট ছোট নুড়ি পাথর তার মুখে আঘাত করে
Alice was surprised about the little pebbles
অ্যালিস ছোট ছোট নুড়ি পাথর দেখে অবাক হয়েছিল
all the little pebbles were turning into cakes
ছোট ছোট সব নুড়ি পাথর কেকে পরিণত হচ্ছিল
and a bright idea came into her head
এবং তার মাথায় একটি উজ্জ্বল ধারণা এসেছিল
"I should eat one of these cakes"
"আমার এই কেকগুলির মধ্যে একটি খাওয়া উচিত"
"cake is sure to make some change in my size"
"কেক আমার আকারে কিছু পরিবর্তন আনতে নিশ্চিত"
So she swallowed one of the cakes
তাই সে একটা কেক গিলে ফেলল
and she was delighted to find that she began shrinking
এবং তিনি সঙ্কুচিত হতে শুরু করেছেন তা জানতে পেরে তিনি
আনন্দিত হয়েছিলেন
soon she was small enough to get through the door
কিছুক্ষণের মধ্যেই সে দরজা দিয়ে ঢোকার জন্য যথেষ্ট ছোট হয়ে
গেল
she ran out of the house

সে তো বাড়ি থেকে পালিয়ে গেল

a crowd of little animals and birds were waiting outside

বাইরে অপেক্ষা করছিল ছোট ছোট পশু-পাখির ভিড়

all the little birds and animals rushed at Alice

সব ছোট ছোট পাখি আর পশুপাখি ছুটে এল অ্যালিসের দিকে

but she ran off as fast as she could

কিন্তু সে যত দ্রুত সম্ভব দৌড়ে পালিয়ে গেল

and soon she found herself safe in a thick wood

এবং শীঘ্রই তিনি নিজেকে একটি ঘন কাঠের মধ্যে নিরাপদ খুঁজে পেলেন

Alice wandered about in the woods

অ্যালিস জঙ্গলে ঘুরে বেড়াচ্ছিল

and she thought to herself:

এবং তিনি মনে মনে ভাবলেন:

"I know what I have to do first"

'আমি জানি আগে আমাকে কী করতে হবে'

"first I have to grow to my right size again"

"প্রথমে আমাকে আবার আমার সঠিক আকারে বাড়তে হবে"

"and then I have to find my way into that lovely garden"

"এবং তারপরে আমাকে সেই সুন্দর বাগানে আমার পথ খুঁজে বের করতে হবে"

"I suppose I ought to eat or drink something or other"

"আমার মনে হয় আমার কিছু খাওয়া বা পান করা উচিত"

"but the question is what should I eat or drink?"

কিন্তু প্রশ্ন হচ্ছে, আমি কী থাব বা পান করব?

Alice looked all around her at the flowers

অ্যালিস তার চারপাশে ফুলের দিকে তাকাল

and she looked through the blades of grass

আর সে ঘাসের ফাঁক দিয়ে তাকিয়ে রইল

but she could not see anything to eat or drink

কিন্তু খাওয়া-দাওয়া করার মতো কিছুই চোখে পড়ল না

nothing looked like the right thing to eat or drink

খাওয়া বা পান করার জন্য কিছুই সঠিক জিনিস বলে মনে হয়নি

There was a large mushroom growing near her

তার পাশেই একটা বড় মাশরুম জন্মেছিল

the mushroom was about the same height as Alice

মাশরুমের উচ্চতা ছিল অ্যালিসের সমান

She stretched herself up on tiptoes

পায়ের আঙুলের উপর ভর দিয়ে নিজেকে প্রসারিত করল সে

and she peeped over the edge of the mushroom

এবং সে মাশরুমের প্রান্তে উঁকি দিল

her eyes immediately met the eyes of a large blue caterpillar

তার চোখ তৎক্ষণাৎ একটি বড় নীল শুঁয়োপোকার চোখের সাথে মিলিত হয়েছিল

the caterpillar was sitting on the top of the mushroom

শুঁয়োপোকা মাশরুমের উপরে বসে ছিল

and the caterpillar had crossed all his arms

এবং শুঁয়োপোকা তার সমস্ত বাহু অতিক্রম করেছিল

and he was quietly smoking a long hookah

আর সে চুপচাপ একটা লম্বা হুক্কা ফুঁকছিল

and he took not the smallest notice of anything

এবং তিনি কোন কিছুর বিন্দুমাত্র খেয়াল করেননি

and he certainly didn't pay attention to Alice

এবং তিনি অবশ্যই অ্যালিসের দিকে মনোযোগ দেননি

Advice from a caterpillar
একটি শুঁয়োপোকা থেকে পরামর্শ

At last the caterpillar took the hookah out of its mouth

অবশেষে শুঁয়োপোকা মুখ থেকে হুক্কাটা বের করল

and he addressed Alice in a languid, sleepy voice

এবং তিনি অ্যালিসকে একটি নিদ্রালু, ঘুমন্ত কণ্ঠে সম্বোধন করেছিলেন

"Who are you?" said the caterpillar

"তুমি কে?" শুঁয়োপোকা বলল

Alice replied, rather shyly, "I hardly know, sir"

অ্যালিস বরং লাজুকভাবে জবাব দিল, "আমি খুব কমই জানি, স্যার"

"just at the moment it's all a bit..."

"এই মুহূর্তে সবই একটু..."

"I know who I was when I got up this morning""

"আমি জানি আমি কে ছিলাম যখন আমি সকালে উঠেছিলাম"

"but I think I must have changed several times since then"

"কিন্তু আমার মনে হয় আমি নিশ্চয়ই তখন থেকে বেশ কয়েকবার

বদলেছি"

"What do you mean by that?" said the caterpillar

"এর দ্বারা আপনি কী বোঝাতে চাইছেন?" শুঁয়োপোকা বলল

sternly the caterpillar asked her to explain herself

কড়া গলায় শুঁয়োপোকা তাকে নিজের ব্যাখ্যা দিতে বলল

"I can't explain myself, I'm afraid, sir," said Alice

"আমি নিজেকে ব্যাখ্যা করতে পারি না, আমি ভয় পাচ্ছি, স্যার," অ্যালিস বলল

"because I'm not myself"

'কারণ আমি নিজে নই'

"you see, being so many different sizes in a day is very confusing"

"আপনি দেখুন, একদিনে এতগুলি বিভিন্ন আকার হওয়া খুব বিভ্রান্তিকর"

She pulled herself up and said very gravely:

সে নিজেকে সামলে নিয়ে খুব গম্ভীর গলায় বলল:

"I think you ought to tell me who you are, first"

"আমার মনে হয় তোমার আগে আমাকে বলা উচিত তুমি কে"

"Why?" said the caterpillar

"কেন?" শুঁয়োপোকা বলল

Alice could not think of any good reason

অ্যালিস কোনো সঙ্গত কারণ ভাবতে পারছিল না

and the caterpillar seemed to be in a very unpleasant state of mind

এবং শুঁয়োপোকা মনের খুব অপ্রীতিকর অবস্থায় ছিল বলে মনে হয়েছিল

so she turned away

তাই সে মুখ ফিরিয়ে নিল

"Come back!" the caterpillar called after her

"ফিরে এসো!" শুঁয়োপোকা তার পরে ডাকল

"I've something important to say!"

"আমার কিছু জরুরি কথা আছে!"

Alice turned and came back again

অ্যালিস ঘুরে দাঁড়াল এবং আবার ফিরে এল

"Keep your temper," said the caterpillar

"মেজাজ ধরে রাখো," শুঁয়োপোকা বলল

"Is that all?" said Alice

"শুধু এটুকুই?" অ্যালিস বলল

and she swallowed her anger as well as she could

এবং সে তার রাগটি যথাসম্ভব ভালভাবে গিলে ফেলল

"No," said the caterpillar

"না," শুঁয়োপোকা বলল

the caterpillar unfolded its arms

শুঁয়োপোকা তার বাহু উন্মোচন করল

and he took the hookah out of his mouth again

এবং তিনি আবার মুখ থেকে হুক্কা বের করলেন

and he said, "So you think you're changed, do you?"

তিনি বললেন, "তাহলে আপনি মনে করেন আপনি পরিবর্তিত হয়েছেন, তাই না?"

"I'm afraid, I am changed, sir," said Alice

"আমি ভয় পাচ্ছি, আমি পরিবর্তিত হয়েছি, স্যার," অ্যালিস বলল

"I can't remember things as I used to remember them"

"আমি জিনিসগুলি যেভাবে মনে রাখতাম সেগুলি আমি মনে রাখতে পারি না"

"and I don't stay the same size for more than ten minutes!"

"এবং আমি দশ মিনিটের বেশি একই আকারে থাকি না!"

"What size do you want to be?" asked the caterpillar

"আপনি কোন আকারের হতে চান?" শুঁয়োপোকা জিজ্ঞাসা করলেন

"Oh, I don't particularly mind what size I am," Alice hastily replied

"ওহ, আমি কোন আকারের তা নিয়ে আমি বিশেষ কিছু মনে করি না," অ্যালিস তাড়াতাড়ি জবাব দিল

"I just don't like changing size so often, you know"

"আমি ঘন ঘন আকার পরিবর্তন করতে পছন্দ করি না, আপনি জানেন"

"I would like to be a little larger, sir"

"আমি আরেকটু বড় হতে চাই, স্যার"

"if you wouldn't mind," added Alice

"যদি আপনি কিছু মনে না করেন," অ্যালিস যোগ করলেন

"Ten centimetres is such a wretched height to be"

"দশ সেন্টিমিটার এত খারাপ উষ্ষতা"

"It is a very good height indeed!" said the caterpillar angrily

শুঁয়োপোকা রাগান্বিত হয়ে বলল, "এটা সত্যিই খুব ভাল উষ্ষতা!"

and he reared itself upright as he spoke

আর কথা বলতে বলতে সোজা হয়ে দাঁড়ালেন

he was exactly ten centimetres high

তার উষ্ষতা ছিল ঠিক দশ সেন্টিমিটার

In a minute or two, the caterpillar got down off the mushroom

দু-এক মিনিটের মধ্যে শুঁয়োপোকা মাশরুম থেকে নেমে গেল

and he crawled away into the grass

আর সে হামাগুড়ি দিয়ে ঘাসের মধ্যে চলে গেল

as he went away, he made some little remarks

চলে যাওয়ার সময় ছোটখাটো কিছু মন্তব্য করলেন

"One side will make you grow taller"

'একপাশ আপনাকে লম্বা করে তুলবে'

"and the other side will make you grow shorter"

"আর অপর পক্ষ তোমাকে খাটো করে তুলবে"

"One side of what?" thought Alice to herself

"কিসের একপাশ?" অ্যালিস মনে মনে ভাবল

"The other side of what?"

"কিসের অন্য পিঠ?"

"the side of the mushroom," said the caterpillar

"মাশরুমের পাশ," শুঁয়োপোকা বলল

it was as if she had asked her question aloud

যেন সে তার প্রশ্নটা জোরে জোরে জিজ্ঞেস করল

and in another moment, he was out of sight

আর কিছুক্ষণের মধ্যেই তিনি দৃষ্টিসীমার বাইরে চলে গেলেন

Alice remained looking thoughtfully at the mushroom

অ্যালিস মাশরুমের দিকে চিন্তিতভাবে তাকিয়ে রইল

she was trying to make out which were the two sides of the mushroom

সে বোঝার চেষ্টা করছিল মাশরুমের দুটো দিক কোনটা

At last she stretched her arms around the mushroom

অবশেষে সে মাশরুমের চারপাশে তার হাত প্রসারিত করল

and she broke off a bit of the edges

এবং তিনি প্রান্তের কিছুটা ভেঙে ফেলেছিলেন

"And now, which side is which?" she said to herself

"আর এখন, কোন পক্ষ?" সে মনে মনে বলল

and she nibbled a little of the right-hand bit

আর ডান হাতের কামড়টা একটু কামড়ে ধরল

The next moment she felt a violent blow underneath her chin

পরক্ষণেই থুতনির নিচে প্রচণ্ড আঘাত অনুভব করল সে

her chin had struck her foot!

তার চিবুক তার পায়ে আঘাত করেছিল!

She was a good deal frightened by this very sudden change

এই আকস্মিক পরিবর্তনে তিনি বেশ ভয় পেয়েছিলেন

she was shrinking very rapidly

সে খুব দ্রুত সঙ্কুচিত হচ্ছিল

so she quickly ate some of the other bit of mushroom

তাই সে তাড়াতাড়ি অন্য কিছু মাশরুম খেয়ে ফেলল

Her chin was pressed very closely against her foot

তার চিবুকটি তার পায়ের সাথে খুব ঘনিষ্ঠভাবে চেপে ছিল

there was hardly room to open her mouth

মুখ খোলার জায়গা ছিল না বললেই চলেছিল

but she did at last manage to open her mouth

কিন্তু শেষ পর্যন্ত মুখ খুলতে পেরেছেন তিনি

and she swallowed a morsel of the left-hand bit

আর বাঁ হাতের এক টুকরো ঢোক গিলে ফেলল

"my head's been freed at last!" said Alice

"অবশেষে আমার মাথা মুক্ত হয়েছে!" অ্যালিস বলল

she looked down at herself

সে নিজের দিকে তাকাল

but all she could see was an immense length of neck

কিন্তু সে শুধু দেখতে পাচ্ছিল ঘাড়ের দৈর্ঘ্য

her neck seemed to rise like a stalk

তার ধোনটা যেন ডাঁটার মতো উঠে গেছে

and she looked down over a sea of green leaves

আর সবুজ পাতার সমুদ্রের দিকে তাকিয়ে রইল সে

"Where have my shoulders gotten to?"

"আমার কাঁধ কোথায় পৌঁছেছে?"

"And oh, my poor hands, how is it I can't see you?"

"আর ওহ, আমার দরিদ্র হাত, আমি তোমাকে দেখতে পাচ্ছি না কেন?"

but her neck did have one benefit

তবে তার ঘাড়ের একটা সুবিধা ছিল

she could move her head in any direction

সে যে কোনও দিকে মাথা নাড়াতে পারে

in fact, she was just like a serpent

আসলে, তিনি ঠিক একটি সাপের মতো ছিলেন

she gracefully zigzagged her head down

সে সন্তর্পণে মাথা নিচু করল

and she moved her head through the trees

আর গাছের ফাঁক দিয়ে মাথা নাড়তে লাগল

but then she heard a sharp hiss

কিন্তু তখনই সে একটা তীক্ষ্ণ হিস হিস শব্দ শুনতে পেল

and she quickly pulled her head back

তাড়াতাড়ি মাথাটা পেছনে টেনে নিল

a large pigeon had flown into her face

একটা বড় কবুতর উড়ে গেল তার মুখের দিকে

and the pigeon was violently with its wings

আর কবুতর তার ডানা দিয়ে হিংস্রভাবে ছিল

"Serpent!" cried the pigeon

"সাপ!" কবুতর চিৎকার করে উঠল

"I'm not a serpent!" said Alice indignantly

"আমি সাপ নই!" অ্যালিস রাগান্বিত হয়ে বলল

"Leave me alone!"

"আমাকে একা থাকতে দাও!"

"I've tried the roots of trees"

"আমি গাছের শিকড় চেষ্টা করেছি"

"and I've tried hedges," the pigeon went on

"এবং আমি হেজেস চেষ্টা করেছি," কবুতর বলে চলল

"but those serpents! There's no pleasing them!"

"কিন্তু ঐ সাপগুলো! তাদের খুশি করার কিছু নেই!"

Alice was more and more puzzled

অ্যালিস আরও বেশি করে বিস্মিত হয়েছিল

"As if it wasn't trouble enough hatching the eggs," said the pigeon

কবুতর বলল, "যেন ডিম ফোটানোর মতো সমস্যা হয়নি

"by night and day I must look out for serpents too!"

"রাত-দিন আমাকেও সাপের সন্ধান করতে হবে!"

"I had just found the highest tree in the forest"

"আমি সবেমাত্র বনের সবচেয়ে উঁচু গাছটি খুঁজে পেয়েছি"

"surely I'd be free from serpents here?"

"নিশ্চয়ই আমি এখানে সাপ থেকে মুক্ত হব?"

"and out comes a serpent from the sky!"

"এবং আকাশ থেকে একটি সাপ বেরিয়ে আসে!"

"But I'm not a serpent, I tell you!" said Alice

"তবে আমি তো সাপ নই, আমি আপনাকে বলছি!" অ্যালিস বলল

"I'm a... I'm a... I'm a little girl," she added rather doubtfully

"আমি একটি... আমি একটি... আমি একটা বাচ্চা মেয়ে," তিনি বরং সন্দেহের সাথে যোগ করলেন

she had after all been going through a lot of changes

সর্বোপরি তিনি অনেক পরিবর্তনের মধ্য দিয়ে যাচ্ছিলেন

"You're looking for eggs," said the pigeon

কবুতর বলল, "আপনি ডিম খুঁজছেন

"I know that for a fact"

"আমি জানি যে একটি সত্যের জন্য"

"and what does it matter if you're a little girl or a serpent?"

"আর তুমি বাচ্চা মেয়ে না সাপ তাতে কি আসে যায়?"

"It matters a good deal to me," said Alice hastily

"এটা আমার কাছে অনেক গুরুত্বপূর্ণ," অ্যালিস তাড়াতাড়ি বলল

"but I'm not looking for eggs, as it happens"

"কিন্তু আমি ডিম খুঁজছি না, যেমনটা হয়"

"and I wouldn't want your eggs anyway"

"আর আমি তোমার ডিম চাইব না"

"I don't like my eggs raw"
"আমি আমার ডিম কাঁচা পছন্দ করি না"
"Well, be off then!" said the pigeon in a sulky tone
কবুতর বিষণ্ণ স্বরে বলল, "আচ্ছা, তাহলে চলে যাও!"
and the pigeon settled down again into its nest
এবং কবুতরটি আবার তার নীড়ে বসল
Alice crouched down among the trees as well as she could
অ্যালিস যতটা সম্ভব গাছের মধ্যে ঝুঁকে পড়ল
her neck kept getting entangled among the branches
তার ঘাড় গাছের ডালে জড়িয়ে যাচ্ছিল
every now and then she had to stop and untwist her neck
মাঝে মাঝেই তাকে থামতে হয় এবং ঘাড় খুলতে হয়
After awhile she remembered the mushroom
কিছুক্ষণ পর মাশরুমের কথা মনে পড়ল
she still held the pieces of mushroom in her hands
মাশরুমের টুকরোগুলো তখনও তার হাতে ছিল
and she set to work very carefully
এবং তিনি খুব সাবধানে কাজ সেট
first she nibbled at one piece
প্রথমে সে এক টুকরো টুকরো
and then she nibbled at the other piece
তারপর অন্য টুকরো টুকরো
sometimes she grew taller
মাঝে মাঝে সে লম্বা হয়ে উঠত
and sometimes she grew shorter
আর মাঝে মাঝে খাটো হয়ে যেত
but finally she achieved her usual height
কিন্তু অবশেষে তিনি তার স্বাভাবিক উচ্চতা অর্জন করেন
she hadn't been her own height for some time
বেশ কিছুদিন ধরে তিনি নিজের উচ্চতা ছিলেন না
so everything felt strange for a while
তাই কিছুক্ষণের জন্য সবকিছু অদ্ভুত লাগছিল
"The next thing to do is to get into that beautiful garden"

"পরবর্তী কাজটি হ'ল সেই সুন্দর বাগানে প্রবেশ করা"

"how is that to be done, I wonder?"

"এটা কীভাবে করা যায়, আমি অবাক হই?"

As she said this, she came upon an open place

এই বলিয়া তিনি একটি খোলা স্থানে উপস্থিত হইলেন

there was a little house, a bit higher than a metre

একটা ছোট্ট বাড়ি ছিল, এক মিটারের একটু বেশি উঁচু

"I wonder who lives in this little house"

"আমি ভাবছি এই ছোট্ট বাড়িতে কে থাকে"

"I certainly can't go in as big as I am"

"আমি অবশ্যই আমার মতো বড় হতে পারি না"

"I would frighten them terribly!"

"আমি ওদের ভীষণ ভয় দেখাতাম!"

so she nibbled at the little mushroom again

তাই সে আবার ছোট্ট মাশরুমে কামড় দিল

and soon she brought herself down thirty centimetres

এবং শীঘ্রই তিনি নিজেকে ত্রিশ সেন্টিমিটার নিচে নামিয়ে আনলেন

A pig and some pepper
একটি শূকর এবং কিছু গোলমরিচ

For a minute or two she stood looking at the house

দু-এক মিনিট সে বাড়ির দিকে তাকিয়ে রইল

suddenly a footman came running out of the woods

হঠাৎ জঙ্গল থেকে দৌড়ে বেরিয়ে এল এক পদাতিক

he was wearing a special livery uniform

তিনি একটি বিশেষ লিভারি ইউনিফর্ম পরেছিলেন

judging by his face only, she would have called him a fish

শুধু তার মুখ দেখেই বোঝা যেত, সে তাকে মাছ বলে ডাকত

and he rapped loudly at the door with his knuckles

আর সে জোরে জোরে দরজায় ধাক্কা মারল

the door was opened by another footman

দরজা খুলল আরেকজন পদাতিক

this footman too was wearing a special livery

এই পদাতিকেরও পরনে ছিল বিশেষ পোশাক

this footman had a round face and large eyes like a frog

এই পদাতিকের মুখ ছিল গোলাকার এবং ব্যাঙের মতো বড় বড় চোখ

The footman that looked like a fish initiated the ceremony
মাছের মতো দেখতে ফুটম্যান অনুষ্ঠানের সূচনা করেছিলেন
he pulled out something from under his arm
সে তার বগলের নিচ থেকে কিছু একটা বের করল
and he pulled out from under his arm an envelope
আর সে তার বগলের নিচ থেকে একটা থাম বের করল
and this envelope he handed over to the other footman
আর এই থামটা তিনি অন্য পদাতিকের হাতে তুলে দিলেন
in a ceremonious tone he told him the orders
আনুষ্ঠানিকতার সুরে তিনি তাকে আদেশগুলি জানালেন
"This message is for the Duchess"
"এই বার্তাটি ডাচেসের জন্য"
"An invitation from the queen to play croquet"
"ক্রোকেট খেলার জন্য রানীর কাছ থেকে একটি আমন্ত্রণ"
The footman that looked like a frog repeated the order
ব্যাঙের মতো দেখতে পদাতিক আদেশটি পুনরাবৃত্তি করল
"from the queen"
'ফ্রম দ্য কুইন'
"an invitation"
"একটি আমন্ত্রণ"
"for the Duchess"
"ডাচেসের জন্য"
"playing croquet"
"ক্রোকেট বাজানো"
Then they both bowed low
অতঃপর উভয়ে প্রণাম করলেন
and the curls in their wigs got entangled together
এবং তাদের পরচুলার কার্লগুলি একসাথে জড়িয়ে গেল
soon the footman that looked like a fish was gone
কিছুক্ষণের মধ্যেই মাছের মতো দেখতে পদাতিক চলে গেল
but the footman that looked like a frog was still there
কিন্তু ব্যাঙের মতো দেখতে পদাতিক তখনও রয়ে গেছে
he was sitting on the ground near the door

দরজার কাছে মাটিতে বসে ছিলেন তিনি

he was staring stupidly up into the sky

সে বোকার মতো আকাশের দিকে তাকিয়ে ছিল

Alice went timidly up to the door and knocked

অ্যালিস ভয়ে ভয়ে দরজার কাছে গিয়ে নক করল

"There's no use in knocking," said the footman

পদাতিক বলল, "নক করে লাভ নেই

"and that is for two reasons"

"আর সেটা দুটো কারণে"

"First, because I'm on the same side of the door as you are"

"প্রথমত, কারণ আমি তোমার মতো দরজার একই পাশে আছি"

"secondly, because they're making so much noise inside"

"দ্বিতীয়ত, কারণ তারা ভিতরে ভিতরে এত শব্দ করছে"

"no one could possibly hear you"

'কেউ শুনতে পাবে না'

And there certainly was a most extraordinary noise going on within

আর ভেতরে নিশ্চয়ই একটা অদ্ভুত কোলাহল চলছিল

a constant howling and sneezing

একটি ক্রমাগত চিৎকার এবং হাঁচি

and every now and then a sound of great crashing

আর মাঝে মাঝেই প্রচণ্ড আছড়ে পড়ার আওয়াজ

as if a dish or kettle had been broken to pieces

যেন একটা থালা বা কেটলি ভেঙে টুকরো টুকরো হয়ে গেছে

"How am I to get in?" asked Alice

"আমি কীভাবে প্রবেশ করব?" অ্যালিস জিজ্ঞাসা করল

"Should you get in at all?" said the footman

পদাতিক বলল, "আদৌ ঢুকতে পারবে নাকি?"

"That's the first question, you know"

"এটাই প্রথম প্রশ্ন, আপনি জানেন"

Alice opened the door and went in

অ্যালিস দরজা খুলে ভিতরে ঢুকল

The door led right into a large kitchen

দরজা দিয়ে সোজা একটা বড় রান্নাঘরে ঢুকে গেল

the kitchen was full of smoke from one end to the other

রান্নাঘরের এক প্রান্ত থেকে অন্য প্রান্ত পর্যন্ত ধোঁয়ায় ভরে গেছে

in the middle of the kitchen was the Duchess

রান্নাঘরের মাঝখানে ছিল ডাচেস

she was sitting on a three-legged stool

তিনি তিন পায়ের টুলে বসেছিলেন

and she was nursing a baby

এবং তিনি একটি শিশুকে স্তন্যপান করাচ্ছিলেন

the cook was leaning over the fire

বাবুর্চি আগুনের উপর হেলান দিয়ে দাঁড়িয়েছিল

he was stirring a large caldron

তিনি একটি বড় ক্যালড্রন নাড়াচ্ছিলেন

and the caldron seemed to be full of soup

আর ক্যালড্রন যেন স্যুপে ভরে গেছে

"There's certainly too much pepper in that soup!" Alice said to herself

"ওই স্যুপে নিশ্চয়ই অনেক বেশি গোলমরিচ আছে!" অ্যালিস নিজেকে বলল

she said it as best she could without sneezing

হাঁচি না দিয়ে যথাসাধ্য কথাটা বললেন তিনি

Even the Duchess sneezed occasionally

এমনকি ডাচেসও মাঝে মাঝে হাঁচি দিতেন

but the baby's actions were the most noteworthy

তবে শিশুটির কর্মকাণ্ড ছিল সবচেয়ে উল্লেখযোগ্য

the baby was sneezing and howling alternately

শিশুটি পর্যায়ক্রমে হাঁচি দিচ্ছিল এবং চিৎকার করছিল

there was not a moment's pause between howling and sneezing

চিৎকার আর হাঁচির মাঝে এক মুহূর্তের বিরতিও ছিল না

There were two creatures in the kitchen that did not sneeze

রান্নাঘরে দুটি প্রাণী ছিল যারা হাঁচি দেয়নি

the cook was too busy to sneeze

বাবুর্চি এত ব্যস্ত ছিল যে হাঁচি দিতে পারছিল না

and the large cat did not seem to mind the pepper

আর বড় বিড়ালটা মরিচ নিয়ে কিছু মনে করল না

instead, the large cat was grinning from ear to ear

পরিবর্তে, বড় বিড়ালটি কান থেকে কান পর্যন্ত হাসছিল

"Please would you tell me," said Alice, a little timidly

"দয়া করে আপনি কি আমাকে বলবেন," অ্যালিস কিছুটা ভীরুভাবে বলল

"why is your cat grinning like that?"

"তোমার বিড়ালটা এভাবে হাসছে কেন?

"It's a Cheshire-Cat," said the Duchess

"এটি একটি চেশায়ার-বিড়াল," ডাচেস বলেছিলেন

"and that's why he's grinning from ear to ear"

আর এ কারণেই সে কান থেকে কান পর্যন্ত হাসছে।

"I didn't know that a Cheshire-Cat always grinned"

"আমি জানতাম না যে একটি চেশায়ার-বিড়াল সর্বদা হাসে"

"in fact, I didn't know that cats could grin," said Alice

"আসলে, আমি জানতাম না যে বিড়ালরা হাসতে পারে," অ্যালিস বলেছিলেন

"there is much you don't know," said the Duchess

"এমন অনেক কিছুই আছে যা আপনি জানেন না," ডাচেস বলেছিলেন

"there is much you don't know and that's a fact"

"এমন অনেক কিছুই আছে যা আপনি জানেন না এবং এটি একটি সত্য"

Just then the cook took the caldron of soup off the fire

ঠিক তখনই বাবুর্চি আগুন থেকে স্যুপের ক্যালড্রন বের করে নিল

and at once she started throwing everything within her reach

এবং তৎক্ষণাৎ সে সবকিছু তার নাগালের মধ্যে ফেলে দিতে শুরু করল

she threw everything she could at the Duchess and the babe

সে তার সমস্ত কিছু ডাচেস এবং থোকামনির দিকে ছুঁড়ে মারল

first she threw the fire-irons

প্রথমে তিনি আগুন-ইস্ত্রি নিক্ষেপ করেন

then she threw a handful of saucepans

তারপর এক মুঠো সসপ্যান ছুঁড়ে মারল

and finally she threw the plates and dishes

এবং অবশেষে সে প্লেট এবং থালাগুলি ফেলে দিল

The Duchess took no notice of her

ডাচেস তার দিকে খেয়াল করেননি

even when she was hit by a plate she did not worry

এমনকি যখন তাকে একটি প্লেট দ্বারা আঘাত করা হয়েছিল তখনও
তিনি চিন্তা করেননি

the baby was already howling so much

বাচ্চাটা এমনিতেই খুব কাঁদছিল

so it was impossible to say whether the blows hurt the baby
or not

তাই আঘাতের আঘাতে শিশুটি আঘাত পেয়েছে কি না তা বলা
অসম্ভব ছিল

"Oh, please mind what you're doing!" cried Alice

"ওহ, আপনি যা করছেন তা দয়া করে মনে রাখবেন!" অ্যালিস
চিৎকার করল

and she jumped up and down in an agony of terror

আর সে আতঙ্কে লাফিয়ে উঠল

the Duchess offered Alice the baby

ডাচেস অ্যালিসকে বাচ্চা দেওয়ার প্রস্তাব দিয়েছিলেন

"Here! You may nurse the baby a bit, if you like!"

"এই যে! তুমি চাইলে বাচ্চাটাকে একটু নার্সিং করাতে পারো!"

and she flung the baby at her as she spoke

এবং কথা বলতে বলতে শিশুটিকে তার দিকে ছুঁড়ে মারলেন

"I must go and get ready to play croquet with the queen"

"আমাকে অবশ্যই যেতে হবে এবং রানীর সাথে ক্রোকেট খেলার
জন্য প্রস্তুত হতে হবে"

and she hurried out of the room

এবং সে তাড়াতাড়ি ঘর থেকে বেরিয়ে গেল

Alice caught the baby with some difficulty

অ্যালিস অনেক কষ্টে শিশুটিকে ধরে ফেলে

because it was a very odd-shaped little creature

কারন এটা ছিল খুব অদ্ভুত আকৃতির একটা ছোড্ড প্রাণী

and the baby held out its arms and legs in all directions

এবং শিশুটি তার হাত-পা চারদিকে প্রসারিত করে

"I better take this child away with me," thought Alice

"আমি বরং এই শিশুটিকে আমার সাথে নিয়ে যাই," অ্যালিস ভাবল

"they're sure to kill this baby in a day or two"

"তারা নিশ্চিত এই শিশুটিকে এক বা দুই দিনের মধ্যে হত্যা করবে"

"Wouldn't it be murder to leave this baby behind?"

"এই বাচ্চাটাকে ফেলে আসাটা কি খুন হবে না?"

She said the last words out loud

শেষ কথাগুলো উচ্চস্বরে বলল সে

and the little thing grunted in reply

আর উত্তরে ছোড্ড একটা জিনিস ঘোঁৎ ঘোঁৎ করে উঠল

"you best not turn into a pig, my dear," said Alice

"তুমি শুয়োরে পরিণত না হওয়াই ভাল, আমার প্রিয়," অ্যালিস বলল

"or else I'll have nothing more to do with you"

নইলে তোমার সাথে আমার আর কোন সম্পর্ক থাকবে না"

Alice was just beginning to think to herself:

অ্যালিস সবেমাত্র নিজেকে ভাবতে শুরু করেছিল:

"Now, what am I to do with this creature, when I get it home?"

"এখন, আমি এই প্রাণীটিকে নিয়ে কী করব, যখন আমি এটি বাড়িতে নিয়ে আসব?"

but then the little creature grunted a little violently

কিন্তু তখন ছোড্ড প্রাণীটি একটু হিংস্রভাবে ঘোঁৎ ঘোঁৎ করে উঠল

and Alice looked down into its face in some alarm

এবং অ্যালিস কিছুটা আতঙ্কিত হয়ে তার মুখের দিকে তাকাল

This time there could be no mistake about it

এবার আর কোনো ভুল হতে পারে না
it was neither more nor less than a pig
এটি একটি শূকরের চেয়ে বেশি বা কম ছিল না
so she set the little creature down
তাই সে ছোউ প্রাণীটিকে নামিয়ে দিল
and the little creature trot away quietly into the wood
আর ছোউ প্রাণীটি নিঃশব্দে বনের মধ্যে চলে গেল
Alice felt quite relieved to see the creature go
প্রাণীটিকে চলে যেতে দেখে অ্যালিস বেশ স্বস্তি বোধ করল
Alice was a little startled by seeing the Cheshire-Cat
চেশায়ার-বিড়ালকে দেখে অ্যালিস একটু চমকে উঠল
it was sitting on a bough of a tree a few yards off
কয়েক গজ দূরে একটা গাছের ডালে বসেছিল ওটা
The cat only grinned when it saw her
বিড়ালটা তাকে দেখেই শুধু হাসল
"Cheshire-cat," began Alice, rather timidly
"চেশায়ার-বিড়াল," অ্যালিস শুরু করল, বরং ভীরুভাবে
"would you please tell me which way I ought to go from here?"
"আপনি কি দয়া করে আমাকে বলবেন যে আমি এখান থেকে কোন দিকে যাব?"
"In that direction," the cat said
"ঐ দিকে," বিড়াল বলল
and it waved the right paw around
আর ডান পাঞ্জা ঘুরিয়ে ঘুরিয়ে
"In that direction lives a maker of hats"
"সেই দিকে টুপি প্রস্তুতকারক বাস করে"
and then the cat waved its other paw
তারপর বিড়ালটা তার অন্য থাবা নাড়ল
"and in that direction lives a march hare"
"আর ঐ দিকেই বাস করে এক মার্চের খরগোশ"
"Visit either you like; they're both mad"

"যেভাবে খুশি যাও; দুজনেই পাগল।

"But I don't want to go among mad people," Alice remarked

"কিন্তু আমি পাগলদের মধ্যে যেতে চাই না," অ্যালিস মন্তব্য করেছিল

"Oh, you can't help that," said the Cat

"ওহ, আপনি এটি সাহায্য করতে পারবেন না," বিড়াল বলল

"we're all mad here"

'আমরা সবাই এখানে পাগল'

"are you playing croquet with the queen today?"

"তুমি কি আজ রানির সাথে ক্রোকেট খেলছ?"

"I would like to very much," said Alice

"আমি খুব চাই," অ্যালিস বলল

"but I haven't been invited yet"

'আমাকে এখনো আমন্ত্রণ জানানো হয়নি'

"You'll see me there," said the Cat

"তুমি আমাকে সেখানে দেখতে পাবে," বিড়াল বলল

and from one moment to the next the cat vanished

এবং এক মুহূর্ত থেকে পরের মুহূর্তে বিড়ালটি অদৃশ্য হয়ে গেল

soon Alice got in sight of the house of the march hare

শীঘ্রই অ্যালিস মার্চ থরগোশের বাড়িটি দেখতে পেল

this was a very large house

এইটি একটি খুব বড় বাড়ি ছিল

so Alice did not want to go near the house

তাই অ্যালিস বাড়ির কাছে যেতে চাইত না

first she had to nibble some more of the left side bit of mushroom

প্রথমে তাকে মাশরুমের বাম পাশের অংশটি আরও কিছুটা কামড়াতে হয়েছিল

a mad tea-party
পাগলাটে চায়ের আড্ডা

In front of the house there was a tree

বাড়ির সামনে একটা গাছ ছিল

and under the tree there was a table

আর গাছের নিচে একটা টেবিল ছিল

and the table was set with all sorts of cutlery

আর টেবিল সাজানো ছিল হরেক রকমের কাটলারি দিয়ে

the march hare and the hat maker were at the table

মার্চ খরগোশ এবং টুপি প্রস্তুতকারক টেবিলে ছিল

and together they were having tea

দুজনে মিলে চা খাচ্ছিলেন

a dormouse was sitting between them

তাদের মাঝখানে একটি ডরমাউস বসেছিল

and the dormouse was fast asleep

আর ডরমাউস গভীর ঘুমে আচ্ছন্ন

The table was of extraordinary size

টেবিলটি ছিল অসাধারণ আকারের

but most of the table was unoccupied

কিন্তু টেবিলের বেশির ভাগ অংশই ছিল খালি

they sat crowded together at one corner of the table

তারা টেবিলের এক কোণে ভিড় করে বসেছিল

and yet they made excuses when they saw Alice

তবুও তারা অ্যালিসকে দেখে অজুহাত দেখাল

"No room! No room!" they cried out

"রুম নেই! ঘর নেই!" তারা চিৎকার করে উঠল

"There's plenty of room!" said Alice indignantly

"প্রচুর জায়গা আছে!" অ্যালিস রাগান্বিত হয়ে বলল

at one end of the table there was a large arm-chair

টেবিলের এক প্রান্তে একটা বড় আর্ম-চেয়ার ছিল

and Alice sat herself in the armchair

এবং অ্যালিস নিজেকে আরামকেদারায় বসল

the hat maker opened his eyes very wide

টুপি প্রস্তুতকারক চোখ বড় বড় করে খুলল

he couldn't believe what he was seeing

তিনি যা দেখছিলেন তা বিশ্বাস করতে পারছিলেন না

but his mind was curious about other things

কিন্তু তার মন ছিল অন্য বিষয়ে কৌতূহলী

"Why is a raven like a writing-desk?"

"কাক লেখার টেবিলের মতো কেন?"

Alice was open to the challenge

অ্যালিস চ্যালেঞ্জের জন্য উন্মুক্ত ছিল

"I'm glad they've begun asking riddles"

"আমি খুশি যে তারা ধাঁধা জিজ্ঞাসা করতে শুরু করেছে"

"I believe I can guess that," she added aloud

"আমি বিশ্বাস করি যে আমি এটি অনুমান করতে পারি," তিনি উচ্চস্বরে যোগ করলেন

The march hare grew curious about Alice

মিছিলের থরগোশ অ্যালিসকে নিয়ে কৌতূহলী হয়ে উঠল

"Do you really think you can find the answer?"

"আপনি কি সত্যিই মনে করেন যে আপনি উত্তরটি খুঁজে পেতে পারেন?

"I think I can find the answer indeed," said Alice

"আমি মনে করি আমি সত্যিই উত্তর খুঁজে পেতে পারি," অ্যালিস বলল

"Then you should say what you mean," the march hare went on

"তাহলে আপনি যা বলতে চাইছেন তা বলা উচিত," মিছিলটি বলে চলল

"I do say what I mean," Alice hastily replied

"আমি যা বলতে চাইছি তা বলছি," অ্যালিস তাড়াতাড়ি জবাব দিল

"at the very least I mean what I say"

"অন্তত আমি যা বলি তা বোঝাতে চাই"

"that's the same thing, you know"

"এটা একই জিনিস, আপনি জানেন"

the dormouse also contributed to the conversation

ডরমাউসও কথোপকথনে অবদান রেখেছিল

but the dormouse seemed to be talking in its sleep

কিন্তু ডরমাউস যেন ঘুমের মধ্যে কথা বলছে

"I breathe when I sleep"

'ঘুমানোর সময় নিঃশ্বাস নিই'

"I sleep when I breathe!"

'নিঃশ্বাস নিলেই ঘুমিয়ে পড়ি'!

"you might as well say they are the same too"

"আপনি পাশাপাশি বলতে পারেন যে তারাও একই"

"It is the same thing with you," said the hat maker

টুপি প্রস্তুতকারক বলল, "আপনার ক্ষেত্রেও একই অবস্থা

and he poured a little tea on the dormouse's nose

আর ডরমাউসের নাকে একটু চা ঢেলে দিল

The Dormouse shook its head impatiently

ডরমাউস অধৈর্যভাবে মাথা নাড়ল

and again the dormouse spoke, without opening its eyes

আবার ডরমাউস চোখ না খুলতেই কথা বলল

"Of course, of course it is the same"

"অবশ্যই, এটি একই"

"that's just what I was going to say myself"

"এটাই আমি নিজে বলতে যাচ্ছিলাম"

The hat maker turned to Alice and asked another question
টুপি প্রস্তুতকারক অ্যালিসের দিকে ফিরে আরও একটি প্রশ্ন জিজ্ঞাসা করল

"Have you guessed the riddle yet?"
"আপনি কি এখনও ধাঁধাটি অনুমান করতে পেরেছেন?"

"No, I give up," Alice conceded
"না, আমি হাল ছেড়ে দিচ্ছি," অ্যালিস স্বীকার করল

"What's the answer?" she wanted to know
"উত্তর কি?" সে জানতে চাইল

"I haven't the slightest idea," said the hat maker
টুপি প্রস্তুতকারক বলেন, 'আমার বিন্দুমাত্র ধারণা নেই

"Nor do I know," said the march hare
"আমিও জানি না," মিছিলের খরগোশ বলল

Alice gave a weary sigh
অ্যালিস একটা ক্লান্ত দীর্ঘশ্বাস ফেলল

"there are better uses of time than riddles without answers"
"উত্তর ছাড়া ধাঁধার চেয়ে সময়ের আরও ভাল ব্যবহার রয়েছে"

"have some more tea," the march hare said to Alice, very

earnestly

"আরও কিছু চা পান করুন," মার্চের খরগোশ অ্যালিসকে খুব আন্তরিকভাবে বলল

Alice was quite offended by the offer

অ্যালিস এই প্রস্তাবে বেশ ক্ষুব্ধ হয়েছিল

"I've had not had tea yet," Alice replied

"আমি এখনও চা খাইনি," অ্যালিস উত্তর দিল

"therefore I can't have any more tea"

'তাই আর চা খেতে পারছি না'

"You mean you can't have less tea," said the hat maker

টুপি প্রস্তুতকারক বলল, "তার মানে চা কম খাওয়া যাবে না

"it's very easy to take more than nothing"

"কিছু না থাকার চেয়ে বেশি নেওয়া খুব সহজ"

At this, Alice got up and walked off

এই বলে অ্যালিস উঠে চলে গেল

The dormouse fell asleep instantly

ডরমাউস তৎক্ষণাৎ ঘুমিয়ে পড়ল

and neither of the others took the least notice of her going

এবং অন্য কেউই তার চলে যাওয়ার বিষয়ে বিন্দুমাত্র খেয়াল করেনি

though she looked back once or twice

যদিও সে দু-একবার পেছন ফিরে তাকাল

they were trying to put the dormouse into the tea-pot

তারা ডরমাউসকে চায়ের পাত্রে ঢোকানোর চেষ্টা করছিল

"At any rate, I'll never go there again!" said Alice

"যাই হোক না কেন, আমি আর কখনও সেখানে যাব না!" অ্যালিস বলল

and she walked her way through the woods

এবং সে জঙ্গলের মধ্য দিয়ে তার পথ হাঁটতে লাগল

"that was the stupidest tea-party I've ever been to"

"এটি আমার দেখা সবচেয়ে বোকা চা-পার্টি ছিল"

Just as she said this, she noticed something

কথাটা বলতেই একটা জিনিস খেয়াল করলেন তিনি

one of the trees had a door leading right into it

একটা গাছের ঠিক ভেতরে ঢোকার দরজা ছিল

"That's very interesting!" she thought

"এটা খুব আকর্ষণীয়!" সে ভেবেছিল

"I think I may as well go through the door"

"আমার মনে হয় আমিও দরজা দিয়ে ঢুকতে পারি"

And through the door she went

আর দরজা দিয়ে ঢুকল সে

Once more she found herself in the long hall

আরেকবার সে নিজেকে আবিষ্কার করল লম্বা হলঘরে

again she was close to the little glass table

আবার সে ছোট্ট কাচের টেবিলের কাছাকাছি এসে দাঁড়াল

she took the little golden key

সে ছোট্ট সোনার চাবিটা নিল

and she unlocked the door that led into the garden

এবং তিনি বাগানে যাওয়ার দরজাটি খুললেন

Then she set to work nibbling at the mushroom

এরপর তিনি মাশরুম খেয়ে কাজ শুরু করেন

she had kept a piece of the mushroom in her pocket

তিনি মাশরুমের একটি টুকরো তার পকেটে রেখেছিলেন

and finally she was about a metre tall

এবং অবশেষে সে প্রায় এক মিটার লম্বা ছিল

then she walked down the little corridor

তারপর ছোট্ট করিডোর ধরে হাঁটতে লাগল

and then she finally found herself in the beautiful garden

এবং তারপর অবশেষে তিনি নিজেকে সুন্দর বাগানে খুঁজে পেয়েছিলেন

and she was among the bright flower and the cool fountains

এবং তিনি উজ্জ্বল ফুল এবং শীতল ঝর্ণাগুলির মধ্যে ছিলেন

The queen's croquet ground
রানির ক্রোকেট গ্রাউন্ড

A large rose-tree stood near the entrance of the garden

বাগানের প্রবেশপথের কাছে একটা বড় গোলাপ গাছ দাঁড়িয়ে আছে

the roses growing on the tree were white

গাছে বেড়ে ওঠা গোলাপগুলো ছিল সাদা

but there were three gardeners painting the rose

কিন্তু তিনজন মালি গোলাপ রঙ করছিলেন

they were busily painting the roses red

তারা গোলাপকে লাল রঙে রাঙাতে ব্যস্ত ছিল

and Alice was watching them paint the roses red

এবং অ্যালিস তাদের গোলাপগুলি লাল রঙে রাঙানো দেখছিল

and suddenly their eyes chanced to fall upon Alice

এবং হঠাৎ তাদের চোখ অ্যালিসের উপর পড়ল

Alice spoke a little timidly

অ্যালিস একটু ভয়ে ভয়ে কথা বলল

"Would you tell me, please;"

"আপনি কি দয়া করে আমাকে বলবেন;"

"why are you all painting those roses?"

"তোমরা সবাই এই গোলাপগুলো আঁকছো কেন?"

five and seven said nothing, but looked at two

পাঁচ-সাত কিছু বলল না, দু'জনের দিকে তাকাল

two spoke, in a low voice

দু'জন নিচু গলায় কথা বলল

"Why, the fact is, you see, madam"

"কেন, আসল কথা হল, আপনি দেখুন, ম্যাডাম"

"this here ought to have been a red rose-tree"

"এটা একটা লাল গোলাপ গাছ হওয়া উচিত ছিল"

"and we put a white rose-tree in by mistake"

"এবং আমরা ভুল করে একটি সাদা গোলাপ-গাছ রেখেছি"

"as you would agree, the queen must not find out"

"আপনি যেমন একমত হবেন, রানী অবশ্যই খুঁজে বের করবেন না"

"else we would all have our heads cut off"

তা না হলে আমাদের সবার মাথা কেটে ফেলা হতো'

"So you see, madam, we're doing our best"

"তাহলে আপনি দেখুন ম্যাডাম, আমরা আমাদের যথাসাধ্য চেষ্টা করছি"

card five had been anxiously looking across the garden

কার্ড ফাইভ উদ্বিগ্ন হয়ে বাগানের দিকে তাকিয়ে ছিল

At this moment card five called out, "The queen! The queen!"

এমন সময় পাঁচ নম্বর কার্ড ডেকে উঠল, "রানী! রানী!"

and the three gardeners instantly scurried away

আর তিনজন মালি তৎক্ষণাৎ ছুটে চলে গেল

and they threw themselves flat upon their faces

এবং তারা তাদের মুখের উপর চ্যাপ্টা হয়ে গেল

There was a sound of many footsteps

অনেকগুলো পায়ের শব্দ হলো

Alice looked around, eager to see the queen

অ্যালিস চারদিকে তাকাল, রানীকে দেখার জন্য উৎসুক

At the start of the procession were ten soldiers

মিছিলের শুরুতে দশ জন সৈন্য ছিল

their hands and feet were in the corners

তাদের হাত-পা ছিল এক কোণে

and in their hands and feet were clubs

আর তাদের হাতে ও পায়ে ছিল লাঠি

next came the ten courtiers

এরপর এলেন দশজন সভাসদ

the courtiers were ornamented all over with diamonds

সভাসদদের সর্বত্র হীরে দিয়ে সাজানো হয়েছিল

After the courtiers came the royal children

সভাসদদের পরে রাজ সন্তানরা এসেছিল

there were ten of the royal children

রাজকীয় সন্তানদের মধ্যে দশজন ছিল

and all the royal children were ornamented with hearts

এবং সমস্ত রাজকীয় সন্তানদের হৃদয় দিয়ে অলঙ্কৃত করা হয়েছিল

Next came the guests; mostly kings and queens

এরপর আসেন অতিথিরা; বেশিরভাগই রাজা ও রানী

and among the kings and queen Alice saw someone

এবং রাজা এবং রানী অ্যালিসের মধ্যে একজনকে দেখেছিল

she saw again the white rabbit she had chased

সে আবার দেখতে পেল যে সাদা খরগোশটিকে সে তাড়া করেছিল

The procession was followed the knave of hearts

শোভাযাত্রাটি হৃদয়ের নম্ব অনুসরণ করেছিল

he was carrying the king's crown

তিনি রাজার মুকুট বহন করছিলেন

and the king's crown was on a crimson velvet cushion

আর রাজার মুকুট ছিল লাল মখমলের কুশনের ওপর

and then came the end of this grand procession

আর তারপরই এই বিশাল শোভাযাত্রার সমাপ্তি ঘটে

and there at the end were the king and queen of hearts

এবং সেখানে শেষে রাজা এবং হৃদয়ের রানী ছিলেন

the procession came opposite to Alice

মিছিলটি অ্যালিসের বিপরীতে এসেছিল

and they all stopped and looked at her

সবাই থমকে দাঁড়িয়ে তার দিকে তাকাল

and the queen said severely, "Who is this?"

রানী গম্ভীর গলায় কহিলেন, "ইনি কে?"

She said it to the Knave of Hearts

তিনি হৃদয়ের নাভকে এটি বলেছিলেন

but he just bowed and smiled in reply

কিন্তু প্রত্যুত্তরে তিনি শুধু মাথা নিচু করে হাসলেন

Alice spoke very politely

অ্যালিস খুব নম্রভাবে কথা বলল

"My name is Alice, so please your majesty"

"আমার নাম অ্যালিস, তাই দয়া করে আপনার মহিমা"

but she had other thoughts to herself

কিন্তু তার নিজের মনে অন্য চিন্তা ছিল

"they're only a pack of cards, after all!"

"তারা কেবল তাসের একটি প্যাকেট, সর্বোপরি!"

"Can you play croquet?" shouted the queen

"তুমি কি ক্রোকেট খেলতে পারো?" রানী চিৎকার করে উঠলেন

The question was evidently meant for Alice

প্রশ্নটা স্পষ্টতই অ্যালিসের জন্য ছিল

"Yes!" said Alice loudly

"হ্যাঁ!" অ্যালিস জোরে বলল

"Come play then!" roared the queen

রাণী গর্জে উঠলেন, "তাহলে খেলো!"

a timid voice spoke to Alice

ভীরু কণ্ঠে অ্যালিসের সঙ্গে কথা বলল

"it's a very fine day!"

"এটা খুব সুন্দর দিন!"

She was walking by the white rabbit

সে সাদা খরগোশের পাশ দিয়ে হেঁটে যাচ্ছিল

and the White Rabbit was peeping anxiously into her face

আর সাদা খরগোশ উদ্বিগ্নভাবে তার মুখের দিকে উঁকি দিচ্ছিল

"a very fine day indeed," confirmed Alice

"সত্যিই খুব সুন্দর দিন," অ্যালিস নিশ্চিত করেছে

"Where's the duchess?"

"ডাচেস কোথায়?"

"Hush! Hush!" said the Rabbit

"ছিঃ! হুশ!" খরগোশ বলল

"She's under sentence of execution"

'তার ফাঁসির সাজা চলছে'

"What is she being executed for?" asked Alice

"কিসের জন্য তাকে মৃত্যুদণ্ড দেওয়া হচ্ছে?" অ্যালিস জিজ্ঞাসা করল

"She scuffed the queen's ears," the rabbit began

খরগোশ শুরু করল, "সে রানির কান ঝালাপালা করে দিল

the queen shouted in a voice of thunder

রানী বজ্রপাতের সুরে চিৎকার করে উঠলেন

"Get to your places!"

"তোমার জায়গায় যাও!"

and people began running about in all directions

আর লোকজন চারদিকে দৌড়াদৌড়ি শুরু করল

and they all tumbled up against each other

এবং তারা সবাই একে অপরের বিরুদ্ধে ঝাঁপিয়ে পড়ল

However, they got settled down in a minute or two

তবে দু-এক মিনিটের মধ্যেই থিতু হয়ে যান তারা

and then the game began

এরপর খেলা শুরু হয়

Alice had never seen such a curious croquet ground

অ্যালিস এমন অদ্ভুত ক্রোকেট গ্রাউন্ড কখনও দেখেনি

the grass was all ridges and furrows

ঘাস সবই ছিল থাড়া আর খাঁজকাটা

The croquet balls were real hedgehogs

ক্রোকেট বলগুলি ছিল আসল হেজহগ

and the mallets were real flamingos

আর ম্যালেটগুলো ছিল আসল ফ্লেমিঙ্গো

and the soldiers stood on their hands and feet

আর সৈন্যরা হাত-পা ভর দিয়ে দাঁড়িয়ে রইল

because the arches was made from their bodies

কারন খিলানগুলো তাদের শরীর থেকে তৈরি হয়েছিল

The players all played at once

খেলোয়াড়রা সবাই একসঙ্গে খেলেছে।

nobody waited for their turns

কেউ তাদের পালার জন্য অপেক্ষা করেনি

and everyone quarrelled with everyone

আর সবার সাথে ঝগড়া লেগে গেল

and all were fighting for the hedgehogs

এবং সবাই সজারুর জন্য লড়াই করছিল

soon the queen was in a furious passion

অচিরেই রাণী প্রচণ্ড আবেগে আপ্লুত হয়ে পড়লেন

and she started stamping about and shouting

আর সে এদিক ওদিক তাকাতে লাগল আর চিৎকার করতে লাগল

"Chop off his head!"

"ওর মাথা কেটে ফেল!"

"Chop off her head!"

"ওর মাথা কেটে ফেল!"

"Chop all their heads off!"

"ওদের সবার মাথা কেটে ফেল!"

Again Alice thought to herself

আবার অ্যালিস মনে মনে ভাবল

"They're dreadfully fond of beheading people here"

"তারা এখানে মানুষের শিরশ্ছেদ করতে ভয়ঙ্কর শখ"

"the great wonder is that there's anyone left alive!"

"সবচেয়ে আশ্চর্যের বিষয় হল যে কেউ বেঁচে আছে!"

She was looking about for some way of escape

সে পালানোর কোন পথ খুঁজছিল

she noticed a curious appearance in the air

বাতাসে একটা অদ্ভুত চেহারা লক্ষ্য করল সে

"It's the Cheshire-cat," she said to herself

"এটা চেশায়ার-বিড়াল," সে নিজেকে বলল

"now I shall have somebody to talk to"

"এখন আমি কারও সাথে কথা বলব"

"How are you getting on?" said the cat

বিড়াল বলল, "কেমন আছো তুমি?"

"I don't think they play at all fairly," Alice said

অ্যালিস বললেন, 'আমার মনে হয় না তারা মোটেও নিরপেক্ষভাবে খেলে

and she had a rather complaining tone

এবং তার বরং অভিযোগের সুর ছিল

"they all quarrel so dreadfully"

"তারা সবাই এত ভয়ঙ্করভাবে ঝগড়া করে"

"one can't hear oneself speak"

'নিজের কথা শোনা যায় না'

"and they don't seem to play by any rules"

"এবং তারা কোনও নিয়ম দ্বারা খেলবে বলে মনে হয় না"

the cat asked Alice a question in a low voice

বিড়ালটি নিচু স্বরে অ্যালিসকে একটি প্রশ্ন জিজ্ঞাসা করল
"How do you like the queen?"
'কেমন লেগেছে রানী?
"I don't like her at all," said Alice
"আমি তাকে মোটেই পছন্দ করি না," অ্যালিস বলল

Alice thought she might as well go back
অ্যালিস ভেবেছিল সে ফিরে যেতে পারে
she wanted to see how the game was going
তিনি দেখতে চেয়েছিলেন খেলা কেমন চলছে
she went off in search of her hedgehog
সে তার সজারুর খোঁজে বেরিয়েছিল
The hedgehog was busy fighting another hedgehog
সজারু আরেক সজারুর সঙ্গে লড়াইয়ে ব্যস্ত
this was an excellent opportunity
এইটি একটি চমৎকার সুযোগ ছিল
she could croquet one hedgehog with the other
তিনি একটি হেজহগকে অন্যটির সাথে ক্রোকেট করতে পারতেন
but her flamingo was on the other side of the garden

কিন্তু তার ফ্লেমিঙ্গো ছিল বাগানের অন্য প্রান্তে

the flamingo was rather clumsy

ফ্লেমিংগো বরং আনাড়ি ছিল

her flamingo was trying to fly up into a tree

তার ফ্লেমিঙ্গো একটি গাছে উড়ে যাওয়ার চেষ্টা করছিল

She caught the flamingo by the leg

সে ফ্লেমিঙ্গোর পা ধরে ফেলে

and she tucked the flamingo away under her arm

এবং সে ফ্লেমিঙ্গোটি তার বগলের নীচে গুঁজে দিল

that way the flamingo couldn't escape again

এভাবে ফ্লেমিংগো আর পালাতে পারবে না

Just then Alice happened to meet the duchess

ঠিক তখনই অ্যালিসের সাথে ডাচেসের দেখা হয়

The duchess was now out of prison

ডাচেস এখন কারাগারের বাইরে ছিলেন

She tucked her arm affectionately under Alice's arm

সে অ্যালিসের বাহুর নীচে স্নেহের সাথে তার হাতটি গুঁজে দিল

and then they walked off together

এরপর তারা একসঙ্গে চলে যান

Alice was very glad to find her in such a pleasant temper

অ্যালিস তাকে এমন মনোরম মেজাজে পেয়ে খুব খুশি হয়েছিল

She was a little startled, however

তিনি অবশ্য একটু চমকে উঠলেন

she heard the voice of the duchess close to her ear

কানের কাছে ডাচেসের গলার আওয়াজ শুনতে পেল সে

"You're thinking about something, my dear"

"তুমি কিছু একটা ভাবছো প্রিয়তমা"

"and that makes you forget to talk"

"এবং এটি আপনাকে কথা বলতে ভুলিয়ে দেয়"

"The game's going on rather better now," Alice said

অ্যালিস বলেন, 'খেলা এখন আরও ভালো হচ্ছে

it was one way of keeping the conversation going

এটা ছিল কথোপকথন চালিয়ে যাওয়ার একটা উপায়

"it is so indeed," said the duchess
"সত্যিই তাই," ডাচেস বলল
"and the moral of that is this:"
"এবং এর নৈতিকতা হ'ল:
"It is love that does it all!"
"ভালোবাসাই সব কিছু করে!"
"Love is what makes the world go around"
"ভালোবাসাই পৃথিবীকে ঘুরিয়ে বেড়ায়"
Alice had another explanation
অ্যালিসের অন্য ব্যাখ্যা ছিল
"it's done by everybody minding his own business!"
"এটা সবাই নিজের কাজে মন দিয়ে করেছে!"
"Ah, well! You could be right"
"আচ্ছা, আচ্ছা! তুমি ঠিক হতে পারো"
"It all means much the same thing," said the Duchess
"এটি সব একই জিনিস মানে," ডাচেস বলেন
and she dug her sharp little chin into Alice's shoulder
এবং সে তার তীক্ষ্ণ ছোট্ট চিবুকটি অ্যালিসের কাঁধে খুঁড়ে দিল
"and the moral of that is this"
"এবং এর নৈতিকতা হ'ল"
"Take care of the sense"
"বুদ্ধির যত্ন নিন"
"and then the sounds will take care of themselves"
"এবং তারপর শব্দ নিজেদের যত্ন নিতে হবে"
but then the duchess's arm began to tremble
কিন্তু এরপরই ডাচেসের হাত কাঁপতে শুরু করে
Alice looked up and there stood the queen
অ্যালিস তাকিয়ে দেখল রানী দাঁড়িয়ে আছে
the queen had her arms folded
রানী হাত জোড় করে বেঁধে রেখেছিলেন
and she was frowning like a thunderstorm!
আর সে বজ্রপাতের মতো ভুরু কুঁচকে যাচ্ছিল!
"I give you fair warning," shouted the queen

রাণী চিৎকার করিয়া কহিলেন, "আমি তোমাদিগকে ন্যায্য সাবধান
করিয়া দিচ্ছি

and she stomped on the ground as she spoke
আর কথা বলতে বলতে মাটিতে লুটিয়ে পড়লেন তিনি
"either your head or her head must be off"
"হয় আপনার মাথা বা তার মাথা কাটা উচিত"
"Take your choice!"
"আপনার পছন্দ নিন!"
"and be quick about it"
"এবং এ ব্যাপারে তাড়াতাড়ি কর"
The duchess made her choice
ডাচেস তার সিদ্ধান্ত নিয়েছে
and within a moment the duchess was gone
এবং এক মুহূর্তের মধ্যে ডাচেস চলে গেল
Then the queen spoke to Alice
এরপর রানি অ্যালিসের সঙ্গে কথা বলেন
"Let's go on with the game"
"খেলা চালিয়ে যাক"
Alice was too frightened to say a word
অ্যালিস একটি কথাও বলতে খুব ভয় পেয়েছিল
and she slowly followed her back to the croquet-ground
এবং সে আস্তে আস্তে তার পিছু পিছু ক্রোকেট-গ্রাউন্ডে ফিরে গেল
the whole time the queen quarrelled with the other players
পুরোটা সময় রানী অন্য খেলোয়াড়দের সাথে ঝগড়া করেছিলেন
"Chop off his head!"
"ওর মাথা কেটে ফেল!"
"Chop off her head!"
"ওর মাথা কেটে ফেল!"
"Chop all their heads off!"
"ওদের সবার মাথা কেটে ফেল!"
soon all the players were in custody
শীঘ্রই সমস্ত খেলোয়াড়কে হেফাজতে নেওয়া হয়েছিল
only the king, the queen, and Alice remained

কেবল রাজা, রানী এবং অ্যালিস রয়ে গেল

Then the queen left, quite out of breath

তারপর রানী চলে গেলেন, বেশ দম বন্ধ হয়ে গেল

and she walked away with Alice

এবং তিনি অ্যালিসের সাথে চলে গেলেন

Alice heard the king quietly say something

অ্যালিস শুনতে পেল রাজা নিঃশব্দে কিছু বলছেন

"You are all pardoned"

'তোমাদের সবাইকে ক্ষমা করা হলো'

but suddenly there was another cry heard

কিন্তু হঠাৎ আরেকটা কান্নার শব্দ শোনা গেল

"The trial is beginning!"

"বিচার শুরু হচ্ছে!

and Alice ran along with the others

এবং অ্যালিস অন্যদের সাথে দৌড় দিল

who stole the tarts?
কারা চুরি করেছে টার্টস?

The king and queen of hearts were seated
হৃদয়ের রাজা ও রানী উপবিষ্ট ছিলেন

they were on their throne when Alice arrived
অ্যালিস আসার সময় তারা তাদের সিংহাসনে ছিল

there was a great crowd assembled around them
তাদের চারপাশে প্রচুর ভিড় জমে গিয়েছিল

there were all sorts of little birds and beasts
সেখানে হরেক রকমের ছোট ছোট পাখি ও জন্তু ছিল

and there was the whole pack of cards
আর তাসের পুরো প্যাকেট ছিল

the knave was standing in front of them, in chains
তাদের সামনে শিকল বেঁধে দাঁড়িয়ে ছিল ছুরিকাঘাত

and there was a soldier on each side to guard him
এবং তাকে পাহারা দেওয়ার জন্য উভয় পক্ষের একজন করে সৈন্য
ছিল

near the King was the white rabbit
রাজার কাছেই ছিল সাদা থরগোশ

he had a trumpet in one hand
তার এক হাতে শিঙ্গা ছিল

and he had a scroll of parchment in the other hand
আর তার অন্য হাতে ছিল পার্চমেন্টের পুঁথি

In the very middle of the court was a table
কোর্টের একদম মাঝখানে একটা টেবিল ছিল

on the table was a large dish of tarts
টেবিলের উপর একটা বড় থালা ছিল টার্ট

"I wish they'd get the trial done," Alice thought
"আমি আশা করি তারা বিচারটি সম্পন্ন করবে," অ্যালিস ভেবেছিল

"then we could eat some of those refreshments!"
"তাহলে আমরা কিছু রিফ্রেশমেন্ট খেতে পারতাম!"

The judge, by the way, was the king
প্রসঙ্গত, বিচারক ছিলেন রাজা

and he wore his crown over his great wig
এবং তিনি তার বিশাল পরচুলার উপর তার মুকুট পরিধান
করেছিলেন

"That's the jury-box," thought Alice
"এটাই জুরি-বক্স," অ্যালিস ভাবল

"and those twelve creatures, I suppose they are the jurors"
"এবং ঐ বারোটি প্রাণী, আমি মনে করি তারা জুরি"

some were animals, and some were birds
কেউ পশু, কেউ পাখি

Just then the white rabbit cried out
ঠিক তখনই সাদা খরগোশ চিৎকার করে উঠল

"Silence in the court!"
'আদালতে নীরবতা'!

"Herald, read the accusation!" said the king
রাজা বললেন, "হেরাল্ড, অভিযোগটা পড়ে দেখো!"

the white rabbit blew three blasts on the trumpet

সাদা খরগোশ তূরীতে তিনবার ফুঁ দিল
then he unrolled the parchment-scroll
তারপর পার্চমেন্ট-স্ক্রলটা খুলে ফেলল
and he read as follows:
এবং তিনি নিম্নরূপ পাঠ করেন:
"The queen of hearts, she made some tarts,"
"হৃদয়ের রানী, সে কিছু টার্ট তৈরি করেছে,"
"All this she did on a summer day"
"এই সব সে গ্রীষ্মের দিনে করেছিল"
"The knave of hearts, he stole those tarts"
"হৃদয়ের ছুরি, সে সেই টার্টগুলি চুরি করেছে"
"And he took those tarts far away!"
"আর সেই টার্টগুলো নিয়ে গেছে অনেক দূরে!"
"Call the first witness," said the king
"প্রথম সাক্ষীকে ডাকুন," রাজা বললেন
and the white rabbit blew three blasts on the trumpet
আর সাদা খরগোশ শিঙ্গায় তিনবার ফুঁ দিল
"bring the first witness!" he called out
"প্রথম সাক্ষীকে নিয়ে এসো!" সে চিৎকার করে বলল
The first witness was the hat maker
প্রথম সাক্ষী ছিলেন টুপি প্রস্তুতকারক
he came in with a teacup in one hand
এক হাতে চায়ের কাপ নিয়ে ঢুকল
and he had a piece of bread and butter in the other hand
আর তার অন্য হাতে ছিল এক টুকরো রুটি আর মাখন
"You ought to have finished," said the King
রাজা বললেন, "তোমার কাজ শেষ করা উচিত ছিল
"When did you begin?"
"কবে থেকে শুরু করলেন?"
The hat maker looked at the march hare
টুপি প্রস্তুতকারক মার্চের খরগোশের দিকে তাকাল
the march hare had followed him into the court
মার্চ হেয়ার তার পিছু পিছু দরবারে ঢুকেছিল

he had walked arm in arm with the dormouse

ডরমাউসের সঙ্গে হাত ধরাধরি করে হেঁটেছিলেন তিনি

"Fourteenth of March, I think it was," he said

"চৌদ্দ মার্চ, আমি মনে করি," তিনি বলেছিলেন

"Give your evidence," said the king

রাজা বললেন, 'সাক্ষ্য দাও

"and don't be nervous, or I'll have you executed on the spot"

"আর নার্ভাস হয়ো না, নইলে আমি তোমাকে ঘটনাস্থলেই মৃত্যুদণ্ড দেব"

This did not seem to encourage the witness at all

এতে সাক্ষীকে মোটেও উৎসাহিত করা হয়েছে বলে মনে হয়নি

he kept shifting from one foot to the other

এক পা থেকে আরেক পায়ে নড়াচড়া করতে লাগল

and he looked uneasily at the queen

এবং তিনি অস্বস্তিতে রানীর দিকে তাকালেন

and, in his confusion, he bit a large piece out of his teacup

এবং, তার বিভ্রান্তির মধ্যে, তিনি তার চায়ের কাপ থেকে একটি বড় টুকরো কামড়েছিলেন

really he meant to bite from his bread and butter

সত্যিই তিনি তার রুটি এবং মাখন থেকে কামড় দিতে চেয়েছিলেন

Just at this moment Alice felt a very curious sensation

ঠিক এই মুহূর্তে অ্যালিস একটি খুব কৌতূহলী সংবেদন অনুভব করেছিল

she was beginning to grow larger again

সে আবার বড় হতে শুরু করেছিল

The miserable hat maker dropped his teacup

হতভাগ্য টুপি প্রস্তুতকারক তার চায়ের কাপ ফেলে দিল

and the bread and butter fell to the ground

এবং রুটি এবং মাখন মাটিতে পড়ে গেল

and he went down on one knee

এবং তিনি এক হাঁটু গেড়ে বসলেন

"I'm a poor man, your majesty," he began

"আমি একজন দরিদ্র মানুষ, মহারাজ," তিনি শুরু করলেন
"You're a very poor speaker," said the king
রাজা বললেন, "আপনি খুব খারাপ বক্তা
"You may go," said the king
রাজা বললেন, "তুমি যেতে পারো
and the hat maker hurriedly left the court
আর টুপি প্রস্তুতকারক তড়িঘড়ি করে আদালত ত্যাগ করেন
"Call the next witness!" said the king
"পরের সাক্ষীকে ডাকুন!" রাজা বললেন
The next witness was the duchess's cook
পরের সাক্ষী ছিলেন ডাচেসের বাবুর্চি
She carried the pepper-box in her hand
সে হাতে মরিচের বাক্সটা নিয়ে গেল
and the people near the door began sneezing all at once
আর দরজার কাছের লোকজন একযোগে হাঁচি দিতে শুরু করল
"Give your evidence," said the king
রাজা বললেন, 'সাক্ষ্য দাও
"I shall give no evidence," said the cook
বাবুর্চি বলল, "আমি কোনও প্রমাণ দেব না
The king looked anxiously at the white rabbit
রাজা উদ্বিগ্ন চোখে সাদা থরগোশের দিকে তাকালেন
and the white rabbit spoke in a quiet voice
আর সাদা থরগোশ শান্ত গলায় কথা বলল
"your majesty must cross-examine this witness"
"মহারাজ অবশ্যই এই সাক্ষীকে জেরা করবেন"
"Well, if I must, I must," the king said
রাজা বললেন, "আচ্ছা, যদি করতেই হয়, আমাকে করতেই হবে
"What are tarts made of?"
"টার্টগুলি কী দিয়ে তৈরি?"
"tarts are made of pepper, mostly," said the cook
বাবুর্চি বলল, "টার্টগুলি বেশিরভাগ গোলমরিচ দিয়ে তৈরি হয়
For some minutes the whole court was in confusion
কয়েক মিনিটের জন্য পুরো আদালত বিভ্রান্তিতে ছিল

eventually they all settled down again

অবশেষে তারা সবাই আবার থিতু হলো

but by then the cook had disappeared

কিন্তু ততক্ষণে বাবুর্চি উধাও হয়ে গেছে

"Never mind!" said the king

রাজা বললেন, "কিছু মনে করবেন না

"call to the stand the next witness"

"পরবর্তী সাক্ষীকে স্ট্যান্ডে ডাকুন"

Alice watched the white rabbit as he fumbled over the list

অ্যালিস সাদা থরগোশের দিকে তাকিয়ে রইল যখন সে তালিকাটি নিয়ে ঝাঁকুনি দিচ্ছিল

you can imagine her surprise at what she heard next

আপনি কল্পনা করতে পারেন যে তিনি পরবর্তী যা শুনেছেন তাতে তিনি অবাক হয়েছেন

at the top of his shrill little voice, he called the name "Alice!"

তার তীক্ষ্ণ ছোট্ট কণ্ঠস্বরের শীর্ষে, তিনি নামটি "অ্যালিস" বলে ডাকলেন!

Alice's evidence
অ্যালিসের প্রমাণ

"Here!" cried Alice

"এখানে!" অ্যালিস চিৎকার করে উঠল

She jumped up in a great hurry

সে খুব তাড়াহুড়ো করে লাফিয়ে উঠল

and she tipped over the jury-box

এবং তিনি জুরি-বক্সে উল্টে গেলেন

and she knocked over all the jurymen

এবং তিনি সমস্ত জুরিম্যানকে ছিটকে ফেলেছিলেন

and they fell on to the heads of the crowd below

এবং তারা নীচে জনতার মাথার উপর পড়ে গেল

Alice was in great dismay

অ্যালিস খুব হতাশ হয়ে পড়েছিল

"Oh, I beg your pardon!" she exclaimed

"ওহ, আমি আপনার কাছে ক্ষমা প্রার্থনা করছি!" সে চিৎকার করে উঠল

"The trial cannot proceed," said the king

রাজা বললেন, "বিচার এগোতে পারে না

"the jurymen must get back in their proper places"

"জুরিম্যানদের অবশ্যই তাদের যথাযথ জায়গায় ফিরে যেতে হবে"

he repeated the order with great emphasis

তিনি খুব জোর দিয়ে আদেশটি পুনরাবৃত্তি করেছিলেন

and he looked at Alice sternly

এবং তিনি কঠোরভাবে অ্যালিসের দিকে তাকালেন

"What do you know about these events?" the king asked Alice

"আপনি এই ঘটনাগুলি সম্পর্কে কী জানেন?" রাজা অ্যালিসকে জিজ্ঞাসা করলেন

"I know nothing on the subject," said Alice

"আমি এই বিষয়ে কিছুই জানি না," অ্যালিস বলল

The king then read from his book

রাজা তখন তার বই থেকে পড়ে শোনালেন

"Rule forty two"

"বিধি বিয়াল্লিশ"

"All persons more than a mile high are to leave the court"

"এক মাইলের বেশি উঁচু সমস্ত ব্যক্তিকে আদালত ছেড়ে যেতে হবে"

"I'm not a mile high," said Alice

"আমি এক মাইল উঁচু নই," অ্যালিস বলল

"Nearly two miles high," said the Queen

"প্রায় দুই মাইল উঁচু," রানী বললেন

"Well, I refuse to go," said Alice

"ঠিক আছে, আমি যেতে অস্বীকার করি," অ্যালিস বলল

The king turned pale

রাজা ফ্যাকাশে হয়ে গেলেন

and he shut his note-book hastily

এবং তিনি তাড়াহুড়ো করে তার নোট-বইটি বন্ধ করলেন

"Consider your verdict," he said to the jury

"আপনার রায় বিবেচনা করুন," তিনি জুরিকে বলেছিলেন

he spoke in a low, trembling voice

তিনি নিচু, কাঁপা কাঁপা কণ্ঠে কথা বললেন

then the white rabbit spoke
তারপর সাদা থরগোশ কথা বলল
"There's more evidence to come yet"
'আরও প্রমাণ আসা বাকি'
and he jumped up in a great hurry
আর সে খুব তাড়াহুড়ো করে লাফিয়ে উঠল
"This paper has just been picked up"
"এই কাগজটি এইমাত্র তোলা হয়েছে"
"It seems to be a letter written by the prisoner"
'মনে হচ্ছে এটা কয়েদির লেখা চিঠি'
He unfolded the paper as he spoke
কথা বলতে বলতে কাগজটা খুললেন
"It isn't a letter, after all"
'এটা কোনো চিঠি নয়'
"what it was was a set of verses"
"এটি যা ছিল তা ছিল আয়াতের একটি সেট"
"Please, your majesty," said the knave
"দয়া করুন, মহারাজ," নভ বলল
"I didn't write those verses"
'আমি এই পঙক্তিগুলো লিখিনি'
"and they can't prove that I wrote anything"
"এবং তারা প্রমাণ করতে পারে না যে আমি কিছু লিখেছি"
"there's no name signed at the end"
'শেষে কোনো নাম স্বাক্ষর নেই'
the king spoke to the knave
রাজা নভের সাথে কথা বললেন
"You must have meant to cause some mischief"
"তুমি নিশ্চয়ই কোন দুষ্টুমি করতে চেয়েছিলে"
"else you'd have signed your name like an honest man"
"নইলে তুমি সৎ লোকের মতো তোমার নাম স্বাক্ষর করতে পারতে"
There was a general clapping of hands
সাধারণ হাততালি ছিল
and the king turned to the white rabbit

আর রাজা সাদা খরগোশের দিকে ফিরলেন

"Read the verses," he ordered

তিনি আদেশ দিলেন, 'আয়াতগুলো পড়ো

There was dead silence in the court

দরবারে নেমে আসে সুনসান নীরবতা

and the white rabbit read out the verses

আর সাদা খরগোশ আয়াতগুলো পাঠ করল

They told me you had been to her

তারা আমাকে বলেছিল যে তুমি তার কাছে গিয়েছিলে

And they mentioned me to him

এবং তারা আমাকে তার কাছে উল্লেখ করেছিল

She gave me a good character

তিনি আমাকে একটি ভাল চরিত্র দিয়েছেন

But she said I could not swim

কিন্তু তিনি বলেন, আমি সাঁতার পারি না

He sent them word I had not gone

তিনি তাদের খবর পাঠিয়েছিলেন যে আমি যাইনি

We know it to be true

আমরা জানি এটা সত্যি

If she should push the matter on, what would become of you?

ও যদি ব্যাপারটা নিয়ে চাপ দেয়, তাহলে তোমার কী হবে?

I gave her one, they gave him two

আমি তাকে একটি দিয়েছি, তারা তাকে দুটি দিয়েছে

You gave us three or more

আপনি আমাদের তিন বা ততোধিক দিয়েছেন

They all returned from him to you

তারা সকলেই তাঁর কাছ থেকে আপনার কাছে ফিরে এসেছে

although they were mine before

যদিও তারা আগে আমার ছিল

If I or she should chance to be

যদি আমি বা সে সুযোগ হতে হবে

If I or she were involved in this affair

যদি আমি বা সে এই ঘটনার সাথে জড়িত থাকতাম

He trusts to you to set them free

তিনি তাদের মুক্ত করার জন্য আপনার উপর ভরসা করেন

Exactly as we were

ঠিক যেমন আমরা ছিলাম

My notion was that you had been

আমার ধারণা ছিল যে আপনি ছিলেন

Before she had this fit

তার আগে এই ফিট ছিল

An obstacle that came between

এর মধ্যে যে বাধা এসেছিল

Him, and ourselves, and it

তাকে, এবং আমরা এবং এটি

Don't let him know she liked them best

তাকে জানতে দেবেন না যে তিনি তাদের সবচেয়ে বেশি পছন্দ করেছেন

For this must for ever be a secret, kept from all the rest

কেননা ইহা চিরকাল গোপন থাকিতে হইবে, যাহা অন্য সকলের নিকট হইতে গোপন থাকিতে হইবে

This secret must remain a secret between yourself and me

এই রহস্য আপনার এবং আমার মধ্যে অবশ্যই গোপন থাকবে

the king was very impressed

রাজা খুব মুগ্ধ হলেন

"That's the most important piece of evidence we've heard yet"

"এটি এখন পর্যন্ত শোনা সবচেয়ে গুরুত্বপূর্ণ প্রমাণ"

"I don't believe those verses carry an atom of meaning," objected Alice

"আমি বিশ্বাস করি না যে এই আয়াতগুলি অর্থের একটি পরমাণু বহন করে," অ্যালিস আপত্তি জানায়

the King had his own opinion on the matter

এ বিষয়ে রাজার নিজস্ব মতামত ছিল

"If there's no meaning in those words, that saves a world of trouble"

"যদি এই শব্দগুলির মধ্যে কোনও অর্থ না থাকে তবে এটি বিশ্বের সমস্যাগুলি বাঁচায়"

"then we needn't try to find the meaning"

"তাহলে আমাদের অর্থ খোঁজার চেষ্টা করার দরকার নেই"

"Let the jury consider their verdict"

"জুরিকে তাদের রায় বিবেচনা করতে দিন"

"No, no!" said the queen

"না, না!" রানী বললেন

"Sentencing first—verdict afterwards"

'আগে সাজা, পরে রায়'

"Stuff and nonsense!" said Alice loudly

"স্টাফ এবং বাজে কথা!" অ্যালিস জোরে বলল

"how silly it is to sentence the defendant first!"

"প্রথমে আসামিকে শাস্তি দেওয়া কতটা বোকামি!"

"Hold your tongue!" said the queen, turning purple

"জিভ সামলাও!" রানী বেগুনি হয়ে বললেন

"I will not hold my tongue!" said Alice

"আমি আমার জিহ্বা ধরে রাখব না!" অ্যালিস বলল

the queen shouted at the top of her voice

রাণী উচ্চস্বরে চিৎকার করে উঠলেন

"chop off her head!"

"ওর মাথা কেটে ফেল!"

Nobody made a movement

কেউ আন্দোলন করেনি

"Who cares what you say?" said Alice

"আপনি কী বলেন তাতে কার কী আসে যায়?" অ্যালিস বলল

she had grown to her full size by this time

তিনি এই সময়ের মধ্যে তার পূর্ণ আকারে বেড়ে উঠেছিলেন

"You're nothing but a pack of cards!"

"তুমি এক প্যাকেট তাস ছাড়া আর কিছুই নও!"

At this, all the cards rose up in the air

এই বলে সব তাস বাতাসে উঠে গেল

and all the cards came flying down upon her

আর সব তাস উড়ে এসে পড়ল তার উপর

she gave a little scream

সে একটু চিৎকার দিল

she was half afraid, but also angry

তিনি অর্ধেক ভয় পেয়েছিলেন, তবে রাগান্বিতও ছিলেন

and she tried to fight the cards off of herself

এবং তিনি নিজের কাছ থেকে কার্ডগুলি লড়াই করার চেষ্টা করেছিলেন

and then she found herself lying on the grass bank

আর তখনই সে নিজেকে ঘাসের পাড়ে শুয়ে থাকতে দেখল

her head was in the lap of her sister

তার মাথা ছিল বোনের কোলে

some dead leaves had landed on her face

কিছু মরা পাতা তার মুখে এসে পড়েছে

and her sister was gently brushing the leaves away

আর তার বোন আস্তে আস্তে পাতা ঝেড়ে ফেলছিল

"Wake up, Alice dear!" said her sister

"জেগে ওঠো, অ্যালিস ডিয়ার!" তার বোন বলল

"what a long sleep you've had!"

'কী লম্বা ঘুম হয়েছে তোমার!

"Oh, I've had such a curious dream!" said Alice

"ওহ, আমি এমন একটি অদ্ভুত স্বপ্ন দেখেছি!" অ্যালিস বলল

And she told her sister all she could remember

এবং সে তার বোনকে তার যতটুকু মনে করতে পারে তা বলেছিল।

all the strange adventures that you have just been reading about

অদ্ভুত সব অ্যাডভেঞ্চার যা আপনি এইমাত্র পড়ছেন

Alice got up and ran off

অ্যালিস উঠে দৌড়ে চলে গেল

and she thought, while she ran, about her dream

দৌড়াতে দৌড়াতে সে তার স্বপ্নের কথা ভাবতে লাগল

"what a wonderful dream it had been!"

"কী চমৎকার স্বপ্ন ছিল!